BEI WÖLFEN UND EULEN

DIE EASTWIND-HEXEN
BUCH II

NOVA NELSON

ISBN: 978-0-9996050-6-6 (FFS Media)

Cover Design © FFS Media LLC

Coverdesign von Molly Burton für cozycoverdesigns.com

Übersetzung: Anna Drago

Lektorat (Deutsch): Katrin Dolle

Bei Wölfen und Eulen ..., Eastwind Hexen#2 / Nova Nelson – Erstausgabe

www.novanelson.com

Kapitel Eins

„Ecke!", rief ich und eilte aus der Küche mit den brutzelnden Tellern mit herzhaftem Diner-Essen, die auf meinem großen Tablett standen.

Hier war ich in meinem Element.

Meine Vermieterin, Ruby True, hatte mir einiges über Hexen beigebracht, seit ich nach Eastwind gezogen war und entdeckt hatte, dass ich eine Hexe war, und zu diesen Lektionen gehörte auch, dass jede Hexe ihr Element hatte – Wasser, Wind, Erde, Feuer.

Allerdings war keines davon meines. Während ich genau genommen eine Hexe des Fünften Windes war, was bedeutete, dass ich Geister sehen und mit ihnen sprechen konnte, zog ich es vor, mich selbst als Restauranthexe zu betrachten.

Bedienen war mein Element. Nebenjob war mein Element. Selbst mehrere heiße Grillplatten zu bedienen, wenn sich unser Koch krankmeldete, war mein Element.

Und um drei Uhr morgens nach einer Doppelschicht eines der berühmten Steaks des Medium Rare zu essen, war definitiv mein Element.

„Mr. und Mrs. Bouquet brauchen Nachschub für ihren Kaffee", sagte Tanner Culpepper, als ich vorbeikam. Er hatte einen wackligen Stapel schmutzigen Geschirrs in der Hand und denselben Gesichtsausdruck wie ein Reh im Scheinwerferlicht, den er aufgesetzt hatte, seit der Vorbesitzer Bruce Saxon getötet worden war und das Diner Tanner hinterlassen hatte. „Würde es dir etwas ausmachen?"

„Natürlich nicht." Ich schenkte ihm mein bestes Flirtlächeln, dachte schmutzige Gedanken, wie ich es oft tat, wenn ich ihn ansah, und hoffte, dass er vielleicht einen Funken davon in meinem Gesichtsausdruck erkennen würde – nicht genug, um auszuflippen, aber genug, um ihn zum Nachdenken zu bringen.

Tanner Culpepper war auch mein Element. Heiliger Wandler, er war wunderschön. Und wenn er nicht so sehr verletzt gewesen wäre, dass jeder kleine Schluckauf ihn in einen völligen Nervenzusammenbruch hätte versetzen können, hätte ich vielleicht etwas gegen die brodelnde sexuelle Spannung zwischen uns unternehmen können. Aber dieser arme Mann mit seinen knapp über eins achtzig hatte zu kämpfen. Jeder, der im Medium Rare arbeitete, konnte es sehen, und es hätte mich nicht überrascht, wenn die Gäste es auch bemerkt hätten.

Als seine Freundin (und genau genommen Angestellte) bestand meine Aufgabe also darin, ihm einen Rettungsring zuzuwerfen, und nicht darin, eine Romanze anzufachen, um seine ständig wachsende Liste von Lebenssorgen zu erweitern.

Ich verteilte das Essen von meinem Tablett und stellte die Teller vorsichtig auf den Tisch, damit keine Eier oder Pommes von Bord gingen. „Steak medium rare für Sie, Mr. Flannery", sagte ich augenzwinkernd. „Ein Sunrise-Burger mit Spiegelei, dazu Trüffel-Pommes für Sie, Mrs. Flannery. Und drei panierte Beefsteaks mit Makkaroni mit Käse und Speck als Beilage." Als ich die letzten drei Teller vor den Flannery-Kindern abstellte (die für junge Werwölfe unglaublich gut erzogen waren, muss ich sagen), legte Mrs. Flannery ihre Hand sanft auf meinen Arm. „Erzählen Sie Tanner nicht, dass ich das gesagt habe, denn ich möchte nicht, dass er beleidigt ist, aber das Essen hier hat sich seit Ihrer Ankunft definitiv zum Besseren verändert, Nora."

Ich versuchte, mir das Kompliment nicht zu Kopf steigen zu lassen, aber – oops! Genau da ging es hin. „Danke, Mrs. Flannery."

„Sie haben eine Gabe dafür. Sind Sie sicher, dass Sie keine Westwind-Hexe sind? Die sind normalerweise die Besten im Umgang mit Gewürzen."

Ich lächelte. „Ich bin vielleicht geneigt, Ihnen zuzustimmen, aber die Geister, die ich jeden Tag sehe, sind anderer Meinung."

Sie lachte, und ich eilte los, um die Kaffeekanne für die Bouquets zu holen.

Ich erzählte Mrs. Flannery nicht den wahren Grund, warum ich so gut mit Gewürzen umgehen konnte. Es hatte nichts damit zu tun, dass ich eine Hexe war, sondern vielmehr damit, dass ich vor meiner Ankunft eine der besten Köchinnen in Texas gewesen war. Allerdings wusste niemand in Eastwind davon. Nicht einmal Tanner.

Und ich wollte, dass das so blieb. Mein Leben, bevor ich einen Autounfall hatte, gestorben und nach Eastwind hinübergetreten war, war im wahrsten Sinne des Wortes ein ganzes Leben her. Nachdem ich fast vier Monate in dieser kleinen Stadt verbracht, mich eingelebt, mir den Hintern abgearbeitet hatte und tatsächlich Teil einer Gemeinschaft geworden war, hatte ich kein Verlangen danach, dass die alte Nora ihren einsamen Kopf hob und mich als die bloßstellte, die ich einmal gewesen war: ein Typ A Tatmensch, der versucht hatte, die Anerkennung unangenehmer Menschen zu gewinnen, denen es egal war, ob ich glücklich oder traurig war, ob ich lebte oder starb.

Im Medium Rare hatte ich Werwölfe, Geister, Wandler und sogar den Tod selbst um mich – obwohl er es vorzog, wenn die Leute ihn Ted nannten –, doch trotz der offensichtlichen Gefahren, die mit so vielen Reißzähnen und unersättlichem Appetit verbunden waren, fühlte ich mich in Eastwind sicherer als damals in Austin.

„Morgen, Hyacinth", sagte ich und goss Mrs. Bouquet Kaffee ein. „Wie läuft's unten im Echo?"

„Oh, wissen Sie ", sagte sie, „gut. Die Leute werden den ganzen Klatsch über Sie-wissen-schon-wen langsam endlich leid. Sogar Ladavian. Obwohl ich eigentlich glaube, dass Echo vielleicht endlich seinen Huf aufgestampft und Ladavian gesagt hat, er soll die Sache ruhen lassen. Sobald der Schockeffekt, einen Mörder im Team gehabt zu haben, nachlässt, bleibt nur noch das PR-Chaos übrig. Zumindest hat Echo neulich Abend in der Lyre Lounge darüber geschimpft."

„Lyre Lounge?", fragte ich.

„Oh Nora, Liebes. Sie *müssen* weniger Zeit bei der Arbeit und mehr Zeit damit verbringen, auszugehen und Spaß zu haben. Die Lyre Lounge ist nur einen Block von Echos Salon entfernt. Da können die, die keine Lust haben, in Sheehan's Pub zu gehen, ihren Abend auf eine elegantere Art und Weise ausklingen lassen."

„Ich bin mir nicht sicher, ob ich da reinpassen würde", sagte ich.

Allerdings klang die Lyre Lounge tatsächlich genauso wie ein Ort, an dem ich meine Abende in Austin verbracht hätte.

Ich schenkte Mr. Bouquet Kaffee ein, während Hyacinth fortfuhr. „Natürlich würden Sie das. Ein Mädchen wie Sie, so dunkel und geheimnisvoll, wäre dort ein echter Hit. In Eastwind gibt es viele begehrte Junggesellen. Ich gehe davon aus, dass Sie Single und auf der Suche sind, oder?"

„Achtung!" Tanners Stimme hallte durch den kleinen Gastraum, als er mit einem beladenen Tablett aus der Küche segelte. Lyre Lounge hörte sich nicht so an, als würde er freiwillig dorthin gehen. Sheehan's Pub war sein Laden.

„Ich bin Single, aber nicht auf der Suche", sagte ich. „Haben Sie schon bestellt?"

„Ja", sagte Mr. Bouquet.

Während Hyacinth so verschmitzt und weitschweifig war wie Elfen, war James Bouquet der typische wortkarge Werwolf. Er war nicht wegen des Gesprächs hier. Er war wegen des Essens hier. Sie waren ein seltsames Paar, aber nach allem, was ich gehört hatte, waren sie schon seit Jahrzehnten zusammen, obwohl es für die beiden Arten unmöglich war, zusammen Kinder zu haben. Sie hätten sich jederzeit trennen können, aber irgendetwas hielt sie zusammen.

Gut für sie. Wer war ich überhaupt, mir ein Urteil über irgendjemandes Beziehungen zu erlauben? Meine waren nie große Erfolge gewesen, und der einzige Mann in Eastwind, den ich im Auge hatte, schien es nicht zu bemerken.

Allerdings war ich, um zu Tanners Verteidigung zu sagen, außergewöhnlich talentiert darin, meine Karten nicht zu zeigen. Besonders, was Romantik anging.

Das Klingeln des Glöckchens über der Tür ging mit einem Schauer einher, der mir über den Rücken lief, und ich musste nicht hinsehen, um zu ahnen, dass Ted zu seinem neuen Lieblings-Spätmittagessen hier war: einem Sunrise-Burger mit Chili-Süßkartoffel-Pommes als Beilage.

Meine Fähigkeiten als Medium zu verfeinern, war nützlich, wenn es darum ging, verlorenen Geistern beim Hinübergehen zu helfen, aber nicht so toll, wenn es um Ted ging. Sosehr er auch behauptete, er sei nur während der Arbeitszeit der Sensenmann, so sehr traf mich ein intensives Bewusstsein meiner Sterblichkeit, wann immer er sich mir auf weniger als fünfzehn Meter näherte.

Ich eilte an ihm vorbei nach hinten.

„Hey, Nora", sagte Ted mit seinem üblichen Todesröcheln.

„Oh, hi, Ted. Wenn du nicht auf eine Nische warten willst, gibt es an der Theke einen freien Platz."

„Danke! Wie ist dein –"

Ich sauste an ihm vorbei und tat so, als müsste ich mich in der Küche dringend um etwas kümmern. Weil dem so war. Man nannte es, sich vor Ted und seinen unbehaglichen romantischen Annäherungsversuchen verstecken.

Denn wie sich herausstellte, war Ted in mich verknallt, und ich war überhaupt nicht interessiert. Das Problem war, dass er ein netter Kerl war. Leider verstand er den Wink nicht, und ich wollte nichts Grausames zu ihm sagen, nicht nur, weil es ziemlich unklug ist, gemein zu einem Sensenmann zu sein, sondern auch, weil Ted das nicht verdient hatte.

Dennoch kann ich nicht oft genug sagen, wie beunruhigend es ist, wenn der Tod in einen verknallt ist.

Ich näherte mich dem Ende einer zehnstündigen Schicht, und natürlich knurrte mein Magen. Ich ging zu Anton, dem All-Star-Koch des Medium Rare, der Multitasking beherrschte wie kein anderer, und blickte über seine Schulter auf das Essen vor ihm.

„Hast du in letzter Zeit irgendwas fallen lassen, Anton?", fragte ich.

Er grunzte.

Das war seine normale Reaktion, weil er ein Oger war. Von hinten sah Anton aus wie ein pensionierter Boxer – massig, mit hochgezogenen Schultern. Es war seine Vorderseite, insbesondere sein Gesicht, mit der Cro-Magnon-Stirn, den langen Ohren und einer riesigen Nase mit großen Poren, die den Ogerteil verriet. Wenn Sie ihn auf der Straße sehen würden, würden Sie wahrscheinlich nicht auf ihn zeigen und sagen: „Ich möchte, dass dieser Typ mein Essen zubereitet!"

Allerdings hatte ich mich an sein Grunzen und seine groben Gesichtszüge gewöhnt. Wollen Sie großartiges Essen in halsbrecherischer Geschwindigkeit und mit wenig bis gar keinem Einsatz von Magie zubereiten? Anton ist Ihr Oger.

In den seltenen Fällen, in denen er sprach, brachte er seinen Standpunkt prägnant zum Ausdruck.

Er holte den Korb mit den Süßkartoffel-Pommes aus der Fritteuse, schüttelte das überschüssige Fett ab und ließ ein paar davon auf die Arbeitsplatte fallen. „Oops." Dann fing er wieder an, Pasteten zu wenden, Eier aufzuschlagen und die Anweisungen auf den Bestellungen mit zusammengekniffenen Augen zu entziffern.

Um es klarzustellen: Anton konnte lesen. Tanners Handschrift war das Problem hinter den meisten verpatzten Bestellungen. Sicherlich kann man leicht annehmen, dass der Oger, der nicht spricht, auch nicht lesen kann, aber das war bei Anton ganz und gar nicht so. Wenn er nicht arbeitete, saß er an einem Tisch in der Bibliothek von Eastwind und brütete über Büchern. Es war sehr wahrscheinlich, dass seine hochgezogenen Schultern weniger genetisch bedingt waren, sondern eher von den Stunden kamen, die er beim Lesen in einer schlechten Haltung verbrachte.

Ich warf die „heruntergefallenen" Süßkartoffel-Pommes zwischen meinen Handflächen hin und her, pustete darauf, bis sie kalt genug zum Essen waren, und machte mich auf den Weg zur Nische neben der Vorratskammer, wo ich in Ruhe einen schnellen Happen essen konnte.

„Oh!", sagte ich, geschockt wie immer, als ich um die Ecke bog und fast durch einen Geist gelaufen wäre.

„Du hattest recht", sagte der Geist. Sie war vertraut und

hing hier herum, aus dem Wunsch heraus, das Unvermeidliche hinauszuzögern, wie es bei den meisten Geistern der Fall war. Sie war etwa zweiunddreißig Jahre alt und wusste, dass sie ein Geist war (was bei Geistern nicht immer so war), hatte aber nie gesagt, wie sie gestorben war. Und es kam mir unhöflich vor, sie danach zu fragen. „Der Glockenturm im Emporium lässt den Drei-Uhr-Glockenschlag aus", beendete sie den Satz.

„Hab' ich doch gesagt", sagte ich. „Einer der Vorteile, ein Außenseiter zu sein: Man nimmt Dinge wahr."

„Ich wünschte, ich wäre irgendwo ein Außenseiter gewesen", klagte sie. Geister jammerten immer. Es ging mir schnell auf die Nerven. „Stattdessen habe ich mein ganzes Leben auf einer abgelegenen Farm außerhalb dieser kleinen Stadt irgendwo im Nirgendwo verbracht. Ich hätte mindestens einmal nach Avalon gehen sollen."

„Nach allem, was ich gehört habe, hätte es dir nicht gefallen. Zu viel Trubel, zu teuer und zu hochnäsig."

„Mit wem redest du?", fragte eine neue Stimme hinter mir.

Tanner stand ein paar Meter entfernt und grinste verstohlen mit verschränkten Armen.

„Oh, ähm, nur … egal." Ein kurzer Blick dorthin, wo die weibliche Erscheinung gewesen war, verriet mir, dass sie verschwunden war.

Er kam auf mich zu, nahm mir eine der Pommes aus der Hand und steckte sie sich in den Mund. „Der Letzte, den ich hier beim Sprechen mit niemandem erwischt habe, ist langsam verrückt geworden."

Das Einzige, was mich im Moment verrückt machte, war Tanners Nähe in dieser Ecke, wo niemand uns sehen konnte. Niemand müsste es erfahren, wenn wir …

Nein! Böse Nora! Fänge und Klauen benimm dich wie ein Profi!

„Mit Geistern zu kommunizieren, ist nicht im Entferntesten dasselbe wie eine eifersüchtige Xana-Freundin, die einen in den Wahnsinn treibt. Ich habe keine eifersüchtigen Freundinnen, also bin ich nicht gefährdet."

„Zur Kenntnis genommen. Ich war mir nicht sicher."

„Was meinst du?"

„Ob du eine Freundin hast."

„Warte." Ich trat einen Schritt zurück. „Du dachtest, ich stehe auf Frauen?"

Er zuckte mit den Schultern. „Wenn ja, ist das kein Ding. Ich war mir nur nicht sicher, ob du ... jemanden siehst?"

Oh, ich wusste, was hier los war. Es war genau das, was er in den letzten vier Monaten gemacht hatte. Ein Haufen sexueller Spannung mit einer Beilage von Ich-unternehme-nichts-deswegen.

„Nein. Nur Geister." Ich grinste, schob mir die letzte Pommes in den Mund und ging an ihm vorbei.

„Warte, hast du Geisterfreunde?"

„Ich sollte besser nach den Tischen sehen", sagte ich und ignorierte seine Frage, damit er eine Weile sitzen und darüber nachdenken konnte.

„Geisterfreundinnen?", rief er.

Ted hatte schon eine Tasse Kaffee vor sich, was bedeutete, dass Tanner sich um diesen Tisch gekümmert hatte. Perfekt.

Da meine Schicht nur noch eine Stunde dauern würde, beschloss ich, mit meinen Nebenarbeiten anzufangen, damit ich so schnell wie möglich die Schürze an den Haken hängen und mein Schichtende-Stück von Tanners berühmtem Kirsch-kuchen genießen konnte, sobald Jane und Greta kamen, um die Nachmittagsschicht zu übernehmen.

Ich hatte fast ein schlechtes Gewissen, weil ich Jane und Greta von Franco's Pizza abgeworben hatte, aber es war das, was sie wollten. Jane vermisste das Medium Rare, und jetzt, wo ihr Ex-Mann Bruce das Diner nicht mehr leitete (weil er ermordet worden war und so), konnte sie ohne die Peinlichkeiten in das

Restaurant zurückkehren, das sie aufzubauen geholfen hatte ... und mit einem Rest Zuneigung für ihren Ex, den sie bis zu seinem Tod nicht zu lieben aufgehört hatte. Es erlaubte ihr auch, mehr Zeit mit ihresgleichen zu verbringen: Werwölfen. Während Franco's Pizza eine nette Klientel hatte, hatte sich Jane in den Außenbezirken immer mehr zu Hause gefühlt.

Greta war einfach froh, die Gelegenheit zu haben, von der Tischanweiserin zur Kellnerin aufgestiegen zu sein und mehr Geld zu verdienen, wenn sie nicht zur Schule ging. Es stellte sich heraus, dass ihre bissige Teenager-Attitüde bei den Stammgästen des Medium Rare gut ankam, und wann immer Tanner und ich uns verabschiedeten und Jane und Greta übernahmen, wusste ich, dass das Diner in guten Händen war.

Oder in guten Pfoten?

Während ich mit einem nassen Lappen über die Arbeitsplatte wischte, kam Deputy Stu Manchester hereingeschlendert und setzte sich rittlings auf einen Hocker an der Theke.

„Du bist heute später dran als sonst", sagte ich. Seine Routine war, gegen zehn oder elf Uhr morgens ins Diner zu kommen, und von mir einen heißen Kaffee und ein Stück Apfelkuchen gebracht zu bekommen, ohne dass er danach fragen musste. Zu Hause hatte ich auch Stammgäste wie ihn gehabt. Cops, Tagelöhner, einflussreiche CEOs – all jene, deren Job sich von Tag zu Tag so veränderte, dass eine vorhersehbare Routine das kleine bisschen Stabilität war, auf das sie zählen konnten.

Für Stu Manchester war es Kaffee und Apfelkuchen. Keine schlechte Entscheidung, wenn ich das so sagen darf.

„Ja, später Einsatz." Er schüttelte langsam den Kopf. „Aber so ist es einfach. Kriminelle halten sich nicht an den Arbeitstag."

„Ahh", sagte ich und erkannte, dass sein selbstgefälliger

Ton ein Vorbote der Zusammenfassung der Ereignisse der Nacht war. „Haben ein paar betrunkene Hooligans unaussprechliche Körperteile an eine Steinmauer im Erin Park gesprüht?"

Er grunzte und rückte seinen Gürtel zurecht, während ich ihm einen Kaffee eingoss und ein Stück Kuchen aus der Auslage am Ende der Theke auf den Teller schaufelte. „Schön wär's. Aber nein, viel grimmiger."

„Hm? Was? Hat jemand meinen Namen gesagt?" Mein Vertrauter (kein Haustier; in diesem Punkt blieb er standhaft), Grim, ein riesiger, struppiger, deprimierter Hund, hob den Kopf von seinem Lieblingsplatz unter der Theke, wo er gewissenhaft seine strenge Schlafroutine von zwanzig Stunden am Tag einhielt.

„Nein, schlaf weiter", antwortete ich telepathisch.

„Grimmiger als Vandalismus?", fragte ich und tat so, als wäre ich bei dem Gedanken entsetzt.

„Selbstmord", sagte er. „Ein Werwolf oben in Hightower Gardens."

Das hatte ich nicht erwartet. „Oh, heiliger Zauber", sagte ich und lieh mir einen Begriff, den Tanner verwendet hatte, als er vergessen hatte, dass ein Kuchen im Ofen war, und er ihn erst entdeckte, als er kaum mehr als ein schwarzer Ziegel war. „Hightower Gardens? Wirklich?"

Er lachte makaber. „Was, Sie hätten wohl nicht gedacht, dass sich die Reichsten von Eastwind umbringen würden? Lassen Sie mich Ihnen sagen, dass es bei Leuten mit Geld genauso ist. Entweder ist es ihnen in die Wiege gelegt, oder sie arbeiten hart, es zu bekommen, aber wenn sie erst einmal reich und in Hightower Gardens sind, müssen sie keinen Finger mehr krumm machen, wenn ihnen nicht danach ist. Und das bringt die Leute nicht gerade dazu, weiterleben zu wollen." Er schüttelte bedauernd den Kopf. „Jeder will denken, dass er anders ist, dass er die Ausnahme ist."

Ich beugte mich vor, um nicht vom gesamten Diner belauscht zu werden. Schließlich lebten in Hightower Gardens fast ausschließlich Werwölfe – die alten Familien von Eastwind, die früher die Stadt regierten –, was bedeutete, dass die Wahrscheinlichkeit hoch war, dass einer der Werwölfe, die regelmäßig ins Medium Rare kamen, entweder den Verstorbenen kannte oder mit ihm verwandt war. „Wer war das Opfer?", fragte ich.

Er plusterte sich auf und verdrehte die Augen. „Ha! Opfer. Das ist eine interessante Betrachtungsweise von Selbstmord. Ich würde sagen, Ted war das einzige Opfer, da er sich um ihren Leichnam kümmern musste."

Sheriff Bloom hatte einmal gesagt, Deputy Manchester habe ein gutes Herz und das sei der Grund, weshalb er ihn behielt. Aber ich war nicht besonders beeindruckt davon, wie er über jemanden sprach, der so vom Leben gebeutelt war, dass er alles beenden würde. „Sind Sie sicher, dass es Selbstmord war?", fragte ich. Ich war mir nicht sicher, warum ich nicht glauben wollte, dass sie es getan hatte oder warum es weniger unangenehm wäre, wenn es ein Mord und nicht Selbstmord gewesen wäre. Vielleicht war es nur die herablassende Art, wie er über sie sprach. Die nagte an mir.

„Absolut", sagte er und goss Sahne und Zucker in seinen Kaffee. „Silbervergiftung. So machen die Bitches es normalerweise."

Ich schauderte, da ich Eastwinds Ausdruck für weibliche Werwölfe immer noch nicht mochte. „Und Sie sind sicher, dass nicht jemand anderes sie vergiftet hat?"

Vorsichtig hob er seine Tasse, trank einen kleinen Schluck und sah mich mit hochgezogener Braue über den Rand seiner Tasse hinweg an. „Ja. Ich bin sicher."

„Aber woher wissen Sie das?"

Er stöhnte. „Weil ich schon lange ein Cop bin und es hundertmal gesehen habe. Frau denkt, Geld kauft Glück, aber es stellt sich heraus, dass dem nicht so ist. Sie fühlt sich, als wäre sie allein auf der Welt, bla, bla, bla ... und sie setzt allem ein Ende."

Ich schauderte, als mir klar wurde, dass seine harte Einschätzung der Verstorbenen vor vier Monaten auch auf mich gepasst hätte. Abgesehen vom Selbstmord-Teil natürlich, aber ich kann nicht sagen, dass mir dieser Gedanke nie in den Sinn gekommen wäre, wenn ich an einem Freitagabend allein in meiner Wohnung gewesen bin, umgeben von nichts als Stille und keiner einzigen Einladung, ohne auch nur der Möglichkeit, mit einem meiner „Freunde" irgendwas zu unternehmen.

„Ich denke einfach, dass es eine gute Idee ist, alle Blickwinkel zu erkunden", sagte ich. „Vielleicht wurde es so inszeniert, dass es wie ein typischer Selbstmord aussah, damit Sie dem Tatort wenig Beachtung schenken und der Mörder ungeschoren davonkommt."

Er hielt mit dem Kauen inne und starrte mich mit müden Augen amüsiert an. Dann schluckte er, wischte sich Apfelsauce von seinem Schnurrbart und sagte mit fester Stimme: „Es ist kein Mord."

Ich sah, dass das sein letztes Wort zu diesem Thema sein würde, also gab ich auf und machte mit den Nebenarbeiten weiter, in der Hoffnung, dass ich sie abschließen und rechtzeitig für ein Nickerchen vor dem Abendessen hier raus sein würde.

Aber als ich das Besteck rollte, kam ich nicht über die Ahnung hinweg, dass das Opfer nicht Selbstmord begangen hatte. War es meine Abneigung, zuzugeben, wie traurig und einsam ich gewesen war, bevor ich nach Eastwind gekommen war? Oder war es dieses neue Gefühl, das in den letzten Monaten in mir erwacht war: die Intuition?

Meine Vermieterin, Ruby True, hatte mir beigebracht, auf diese sanfte Stimme zu hören, denn obwohl ich nicht wie die anderen Hexen einen Zauberstab herumschwenken und traditionelle Zauber wirken konnte, war ich mit Intuition gesegnet. Und meine Intuition schien mehr zu sein als nur das typische Gefühl, das jeder kennt, die Art, die einem sagt, dass man nicht nochmal auf ein Date mit einem Typen gehen sollte oder dass der Nachbar nebenan gerade eine schwere Zeit hinter sich hatte.

„Stell dir vor, die Augen zu schließen", hatte Ruby mir vor Monaten gesagt, „und in Gedanken deine Fingerspitzen über ein glattes Stück Seide zu streichen. Dann triffst du auf eine kleine Falte. Es ist nicht viel, und wenn man abgelenkt ist, bemerkt man sie vielleicht nicht, aber diese Falte *ist* etwas. Du musst lernen, die kleinen Falten, die du spürst, zu untersuchen. So benutzt du deine Gabe."

Das war es.

Ich hatte eine kleine Falte gespürt, als Deputy Manchester den Selbstmord in Hightower Gardens erwähnt hatte. Ich wusste nicht, warum die Falte da war oder was sie bedeutete, aber ich war entschlossen, es herauszufinden.

Kapitel Zwei

Grim folgte mir nach unserem Mittagsschlaf die klaustrophobische Treppe in Ruby Trues Haus hinunter. Da Grim sich dem wöchentlichen Bad ergeben hatte, durfte er hinein, und ich hatte einen kleinen Teil meiner Ersparnisse von der Arbeit verwendet, um ihm ein bequemes Hundebett zu kaufen.

So schön es auch wäre, einen so großen flauschigen Hund, der mich kuschelt, im Bett zu haben, es kam aus mehreren Gründen nicht in Frage. Der wichtigste davon war, dass Grim es nur über seine Leiche tun würde, was natürlich eine Redewendung ist, da er genau genommen schon einmal gestorben war, bevor er entdeckt hatte, dass er ein Grim war. Außerdem war es Juni, und der dritte Stock von Rubys Haus glich auch so schon einer Schwitzhütte, ohne einen riesigen Hund als Decke.

Wie sich herausstellte, gab es in Eastwind tatsächlich sowas wie *Jahreszeiten*. Ich kannte das theoretische Konzept, aber wenn man in Texas lebt, ist das noch unglaublicher als Werwölfe und Elfen. In Texas kam den Jahreszeiten der

Sommer und eine gelegentliche Kaltfront am nächsten. Die Junihitze war zwar unangenehm, aber wenigstens vertraut.

Wir betraten das Erdgeschoss von Rubys Haus, das aus einem einzigen großen Raum bestand, den sie als Wohnzimmer bezeichnete, mit einer Küche in einer Ecke, einer Leseecke in der anderen und einem Bad direkt neben dem Hauptraum. Und ich wäre nachlässig, wenn ich nicht die zahllosen Gegenstände erwähnen würde, die von der niedrigen Decke hingen, von denen einige so tief hingen, dass ich mich ducken musste, um sie nicht zwischen die Augen zu bekommen. Bei einigen handelte es sich um Glockenspiele aus Metall, bei anderen um Traumfänger, wieder andere waren mit Federn verziert, und alle zusammen waren extrem beunruhigend. Es war, als würden die alten Holzbretter an der Decke zahllose unförmige Finger ausstrecken, um den Bewohnern des Hauses eine unerwünschte Kopfmassage zu verabreichen. Der Gänsehaut-Faktor hatte etwas nachgelassen, seit ich vor einigen Monaten zum ersten Mal Rubys Haus betreten hatte, aber wenn ich die Dekorationsgewalt über das Haus bekommen hätte, könnte ich mir nicht vorstellen, an der Talisman-Chic-Atmosphäre festzuhalten, die es ausstrahlte, obwohl ich jetzt wusste, dass jeder einzelne Gegenstand einen Schutzzweck für die alte Hexe des Fünften Windes erfüllte.

Ruby rührte mit dem Rücken zu mir auf dem kleinen Holzofen in der Küche in einem gusseisernen Topf etwas, das köstlich duftete. Ihr Vertrauter Clifford, ein Hund von der Größe von Grim, aber mit feuerrotem Fell – zumindest dort, wo er noch nicht ergraut war, lag zusammengerollt vor den blauen Flammen im Kamin und schnarchte leise. Sie fragen sich vielleicht, warum ein Hund im Sommer am Kaminfeuer schlafen wollen sollte oder warum überhaupt ein Feuer brannte.

Aber im Gegensatz zu dem, was blaue Flammen in meiner alten Welt bedeuteten, dienten sie in Eastwind dazu, das Haus abzukühlen. Wenn man mit der Hand darüber fuhr, was ich tat, weil ich der Typ bin, der es erleben muss, um es zu glauben (das ist nicht immer eine gute Idee, das sage ich Ihnen), fühlt es sich an, als würde man die Hand in ein Eisbad halten. Obwohl ich die Physik nicht verstehe, wie kaltes Feuer einen Raum so effektiv abkühlen kann, war mir das an den heißen Juninachmittagen egal. Es könnte böse, dunkle Magie sein, und ich würde wahrscheinlich immer noch sagen: *Immer her damit!*

„Vielleicht solltest du dich frischmachen", sagte Ruby, ohne sich umzudrehen. „Wir haben einen Gast zum Abendessen."

„Oh." Ich blickte an mir hinunter. Ich war nicht wirklich zerzaust, aber so wollte ich nicht gerade einen Gast begrüßen. Wegen der Hitze war ich in letzter Zeit gezwungen gewesen, in ein paar neue Outfits zu investieren. Auch wenn ich mich vor dem Klamotteneinkaufen in Eastwind gefürchtet hatte, war es viel besser, als ich gedacht hatte.

Mit Magie das verhasste Anprobieren erträglich machen? Ich bin dabei. Ich musste nur die Stoffe auswählen, die mir gefielen, und ein freundlicher Stylist half mir, mir genau das Outfit vorzustellen, das ich wollte. Und dann war es da.

Es war teuer (Straßenraub, wirklich), ja, aber als großer Befürworter jeder möglichen Vereinfachung des Lebens hätte ich viel lieber fünf Outfits, die perfekt passen, als fünfzig, die nicht passen.

Heute trug ich ein weißes T-Shirt mit U-Boot-Ausschnitt und anthrazitgraue Baumwoll-Caprihosen.

Oh, Sie haben gedacht, ich würde High-Fashion tragen, nur weil es Magie gibt?

Nein, ich mag es viel zu gern lässig und funktionell, und jetzt, wo ich in einem Diner anstatt im Chez Coeur arbeitete, konnte ich es legerer angehen, und niemand hatte ein Problem damit.

„Wer kommt vorbei?", fragte ich.

„Tanner Culpepper."

Ich hatte mich fast an meiner Spucke verschluckt. „Tanner? Aber warum?"

Ruby warf einen verstohlenen Blick über ihre Schulter. „Ich dachte, du würdest dich freuen, ihn außerhalb der Arbeit zu sehen."

„Wie kommst du darauf?!" Mein Verstand war im absoluten Panikmodus. Nur warum? Warum wollte ich schon bei der bloßen Erwähnung des unerwarteten Auftauchens eines Mannes, mit dem ich die meiste Zeit meines Lebens verbrachte, aus dem Haus laufen? Vielleicht lag es daran, dass es so überraschend kam. Bisher hatten wir bewundernswerte Arbeit geleistet und jegliche sexuelle Spannung innerhalb der Mauern von Medium Rare im Griff gehabt. Außerhalb der Arbeit sah ich ihn nie, vor allem, weil jeder von uns nur arbeitete, schlief und dann noch mehr arbeitete. Es fühlte sich sicher an, Tanner in diesem einen Bereich meines Lebens isoliert zu halten. Ihn zum Abendessen einzuladen, war wie eine Abrissbirne, die die sorgfältig errichtete Mauer, die ich zwischen Arbeit und Privatleben errichtet hatte, zum Einsturz bringen würde. Ich war ein ganz ausgezeichneter emotionaler Maurer. Das war ich schon immer. Als ich in der Highschool „Mending Wall" von Robert Frost lesen musste, hatte ich den Satz „Gute Zäune machen gute Nachbarn" gelesen und gedacht: „Sie machen auch gute Freunde." Und als ich älter geworden war, hatte ich beschlossen, dass das Gleiche auch für Partner galt.

„Du bist hier nicht die Einzige mit der Gabe der Einsicht, Nora. Vergiss nicht, ich mache das schon lange."

Ich eilte ins Bad, stellte mich unter den Duschkopf und machte mich frisch. Als die Magie anstelle von Wasser auf mich niederprasselte, schaffte ich es, mich zusammenzureißen, und als ich herauskam und mich im Spiegel betrachtete, hatte ich mich viel besser unter Kontrolle. Meine Kleidung war jetzt frisch gebügelt, mein Haar war gleichmäßig glatt, und mein Gesicht war frisch und strahlend und nicht fettig glänzend nach dem Nickerchen.

„*Du solltest nicht so nervös sein*", sagte Grim. Er wurde neben Clifford am Feuer platziert. „*Ich kann die Pheromone riechen, die von diesem Typen ausgehen, sobald er dich sieht.*"

„*Ja, und das ist das halbe Problem*", antwortete ich.

„*Das Problem ist, dass du auf Tanner scharf bist und das Gefühl auf Gegenseitigkeit beruht?*"

„*Genau.*"

„*Ich kann mir nicht vorstellen, dass das für irgendjemanden außer mir ein Problem sein soll, denn ich muss mir diesen widerlichen Kitsch ansehen.*"

Ich konnte nicht fassen, dass ich im Begriff war, das einem Hund zu erklären, aber ich tat es trotzdem. „*Es ist ein Problem, weil ich absolut keine Ahnung habe, wie man mit einem netten Typen ausgeht. Ich weiß nicht einmal, was ich mit einem anfangen soll! Ich werde wahrscheinlich nur seine Seele zerquetschen oder sowas!*"

Als Clifford sich bewegte und den Kopf hob, um in die Luft zu schnuppern, sah Grim ihn an. „*Ich sag's ja immer, Cliff. Hexen sind verrückt.*"

Ein energisches Klopfen an der Tür ließ meinen Magen in meine Brust springen.

Tanner war zum Abendessen da.

„Hier, bitte", sagte Ruby und goss Tanner und mir Tee ein. Dann stellte sie die Kanne ab und wischte sich die Stirn. „Das Feuer hilft nach diesem heißen Eintopf kaum", sagte sie.

„Warum geht ihr zwei nicht mit eurem Tee auf die Hollywood-schaukel, während ich aufräume? Draußen weht eine Brise."

Das Abendessen war reibungslos verlaufen, vor allem dank Rubys unglaublicher Fähigkeit, das Gespräch in ein angenehmes Terrain zu lenken. Ich war erstaunt darüber, wie sie es geschafft hatte, die ganze Angelegenheit unverkrampft und natürlich wirken zu lassen, ganz und gar nicht so, als ob sie heimlich versuchte, Tanner und mich zu verkuppeln.

Obwohl das offensichtlich ihre Absicht war.

Es war schön, während des Abendessens mit Tanner und Ruby zu plaudern. Es war einfach. Ich fühlte mich entspannt und doch gestärkt, als wir drei abwechselnd Geschichten erzählten und uns gegenseitig mit Fragen und Witzen in die Geschichten einbrachten. Es gab keine Täuschungen, kein Zauberstab-Messen wie früher, wenn ich mich mit meinen einflussreichen und extrem statusorientierten Freunden zu Hause getroffen hatte. Ich fühlte mich im Verlauf des Gesprächs nicht schlechter. Tatsächlich fühlte ich mich weniger unsicher. Nicht weniger ich selbst, wenn ich das klarstellen darf. Ja, ich hielt tatsächlich nicht weniger von mir. Das bedeutete, dass meine kritische Sicht auf mich selbst nachließ und ich mich präsent fühlte und mich auf das konzentrieren konnte, was um mich herum geschah. Und darf ich noch was sagen? Ich fühlte mich eher als Teil von etwas, als als separates Element oder als Eindringling. Es war ein seltsames Gefühl, das ich seit meiner Ankunft in Eastwind in Schüben gespürt hatte. Doch während unseres Abendessens hatte ich es die ganze Zeit gespürt.

Und ich hatte Tanner auch seit Monaten nicht mehr so entspannt gesehen. Seine angespannte Baseline war sexy genug, aber Tanner entspannte sich, einen Arm über die Stuhllehne gelehnt, während er seinen Kopf in den Nacken warf und über Rubys Geschichten über den jungen Deputy Manchester lachte und über das eine Mal, als sie den stylischen Echo Chambers dabei erwischt hatte, wie er betrunken nach Hause gestolpert war – in nicht mehr gekleidet als ein mit Schmiere beflecktes Sweatshirt, das buchstäblich einem Riesen passte (sie erklärte, dass innerhalb der Stadtgrenzen keine Riesen lebten, also brauchte ich mir keine Sorgen zu machen, einem in die Arme zu laufen), war diese Version von Tanner nicht weniger als göttlich.

Vielleicht half es seinen Nerven, dass er Monster mitgebracht hatte, eine schwarz-weiße Munchkin-Katze, die nicht nur das absolut süßeste Ding war, das ich je gesehen hatte, sondern auch Tanners Vertraute.

Da Monster noch so klein war und Tanner in einem überwiegend von Werwölfen bewohnten Teil der Stadt arbeitete, brachte er sie fast nie mit ins Diner. Sie blieb die meiste Zeit eine Hauskatze, und so, wie er es erzählte, machte es ihr nichts aus. Aber sie und Grim waren sich einmal begegnet und hatten sich auf Anhieb verstanden, weil Monsters niedliches Verhalten offenbar größtenteils unbeabsichtigt war und sie eine ziemlich scharfe Zunge hatte und keine Angst davor, zu sagen, was sie dachte.

Das wusste ich nur aus zweiter Hand. Während Tanner mit ihr kommunizieren konnte und andere Vertraute untereinander kommunizieren konnten, blieb ich außen vor. Aber Tanner hatte es schonmal erwähnt und Grim hatte es bestätigt. Wenn ich es nicht besser wüsste, würde ich sagen, dass mein Vertrauter ein bisschen in Monster verknallt war, aber ich würde es nie ansprechen, weil Grim mich vielleicht im Schlaf ermorden könnte, wenn ich andeutete, dass er auf eine Katze stand.

Tanner und ich standen vom Tisch auf, unseren Tee in der Hand, und ich überlegte, ob ich Grim zum Gassigehen rufen sollte, entschied mich aber dagegen, als ich ihn mit Monster an sich gekuschelt am Feuer zusammengerollt sah. Sie war in dem langen schwarzen Fell, das sie umgab, kaum zu sehen.

Eine warme Brise wehte über Rubys überdachte Veranda, als wir uns auf die Holzschaukel setzten. Ich nahm meinen Tee fest in beide Hände, während die Nähe zu Tanner mich nervös machte.

Ich war dumm. Tanner und ich waren bei der Arbeit die ganze Zeit in unmittelbarer Nähe.

Aber nein, das war anders.

Ich zwang mich, darüber hinwegzukommen und die entspannte Atmosphäre, die Ruby so geschickt geschaffen hatte, nicht zu ruinieren, und sagte: „Guter Tee."

Was natürlich dämlich war und sofort deutlich machte, dass ich nervös war und mich auf den schlimmsten Smalltalk der Welt einließ.

Sein Blick richtete sich auf meinen, und dieses alberne Halbgrinsen erschien. „Ja, stimmt." Er nippte an seinem Getränk und fügte dann hinzu: „Ich bin froh, dass du mich eingeladen hast."

Er war froh, dass *ich* ihn eingeladen hatte?

Okay, Ruby hatte eindeutig Spielchen gespielt. Sie hatte wahrscheinlich eine Eule geschickt und in meinem Namen unterschrieben. Würde ich ihr glatt zutrauen.

Ich zwang mich, den Blick nicht von seinen haselnuss-braunen Augen abzuwenden. „Ich bin froh, dass du gekommen bist."

„Dass ich das Medium Rare übernommen habe, hat mich in letzter Zeit dazu gezwungen, alles zu vernachlässigen, was nicht mit der Arbeit zu tun hat. Monster macht seit einem Monat ununterbrochen passiv-aggressive Bemerkungen darüber. Mein Sozialleben liegt im Moment so gut wie auf Eis." Er runzelte die Stirn, aber alles, woran ich denken konnte, war: *Tanner hat ein Sozialleben?* Ich meine, natürlich hatte er das, aber aus irgendeinem Grund hatte ich nie darüber nachgedacht. Hatte er auch eine Freundin?

„Es ist komisch", fuhr er fort, „dich die ganze Zeit bei der Arbeit zu sehen und außerhalb nie." Seine Miene hellte sich auf. „Bist du je in Sheehan's Pub gewesen oder ..." Er ließ den Satz halbfertig in der Luft hängen. Er angelte.

Okay, ich würde anbeißen. „Nein, ich habe es noch nie dahin geschafft. Allein in einer neuen Bar aufzukreuzen, ist nicht mein Ding."

„Oh, aber das Sheehan's ist großartig", sagte er. „Es ist diese Art Laden, in der jeder willkommen ist. Wir sollten bald mal gehen. Ich werde dir alles zeigen." Als er seine Aufmerksamkeit auf die Straße hinter der Veranda richtete, versuchte ich, mir meine Begeisterung nicht anmerken zu lassen.

Mit Tanner ins Sheehan's zu gehen, war dieser lächerliche Traum, an dem ich festgehalten hatte, seit ich zum ersten Mal von einem Pub in Eastwind gehört hatte. Und plötzlich könnte er wahr werden.

„Ja, das könnte Spaß machen", sagte ich so kühl wie möglich.

„Es sei denn, du bist eher ein Lyre-Lounge-Mädchen", fügte er schnell hinzu, und ich konnte an seinem kontrollierten Tonfall erkennen, dass er hoffte, dass ich es nicht war.

„Nein. Früher war ich das, aber nicht mehr. Sheehan's klingt toll."

Er seufzte, streckte die Beine aus und legte einen Arm auf die Rückenlehne der Schaukel. Mein Atem stockte in mir in der Brust, als ich spürte, wie er meine Schultern berührte. Er lehnte sich ein Stück von mir zurück und musterte mich. Dann fand seine Hand langsam meine Schulter, die am weitesten von ihm entfernt war. „Ich kann dir gar nicht sagen, wie oft ich mich gefragt habe, wer du warst, bevor du nach Eastwind kamst, Nora."

„Wirklich?"

Er nickte, sein Blick suchte nicht länger mein Gesicht, sondern war jetzt auf meine Augen gerichtet. „Ja. Du bist so anders als alle anderen Hexen in Eastwind. Ehrlich gesagt, du bist anders als jede andere Frau, die ich je getroffen habe. Du bist stark, unabhängig, du schaffst es, alle Gäste zufriedenzustellen, und lässt dir dabei von niemandem auch nur eine Spur Bullshit gefallen. Und so sehr ich es auch versuche, ich kann dich nicht lesen."

„Willst du mir sagen, dass ich mysteriös bin?", fragte ich verspielt.

„Scheint so." Er zog seine Beine an, setzte sich aufrecht hin und rückte etwas näher an mich heran. „Ich muss allerdings sagen, dass ich gute Rätsel liebe."

Ein eiskalter Schauer lief mir über den Rücken, als er meine Schulter fester hielt und sich vorbeugte, aber so sehr ich mir auch vormachen wollte, dass der Grund dafür meine Schwärmerei für Tanner war, die endlich körperlich wurde – endlich! – wusste ich, dass das nicht der Grund war.

„Oh, Fänge und Klauen!", sagte ich, als ich sie sah. Sie schwebte einen halben Meter über dem Boden, genau links von der Stelle, an der Tanner auf der Schaukel saß.

„Hm?", sagte er, rutschte von mir weg und nahm schnell seinen Arm von meiner Schulter.

„Nein, tut mir leid, es liegt nicht an dir", sagte ich sofort, und mein Blick wanderte zwischen seinem besorgten Gesicht und ihrer halbdurchsichtigen Miene, die Anspruchsdenken ausstrahlte, hin und her.

„Du bist Nora, oder?", sagte der Geist.

„Ja, aber warte einen Moment, okay?", antwortete ich.

Tanner wirbelte herum, um zu sehen, mit wem ich sprach. Als er mich wieder ansah, wirkte er niedergeschlagen. „Geist?", fragte er.

Ich zuckte entschuldigend mit den Schultern. „Ja, tut mir leid."

„Derselbe wie vorhin im Diner?"

„Nein. Ein neuer. Ich erkenne sie nicht."

„Ich bin Heather Lovelace", sagte sie höflich. „Freut mich, dich kennenzulernen."

Ich hob eine Hand, um sie zum Schweigen zu bringen. „Langsamer bitte."

„Wer ist sie?", fragte Tanner.

„Heather Lovelace?"

Ihm blieb der Mund offenstehen. „Hast du Lovelace gesagt?"

Ich nickte. „Zumindest hat sie gesagt, dass sie so heißt."

„Wie die alte Lovelace-Familie draußen in Hightower Gardens?"

„Ähm ..." Ich blickte von einem zum anderen, und es machte Klick. „Ich hatte recht."

„Häh?", sagten Heather und Tanner.

„Du hast nicht Selbstmord begangen, oder, Heather?"

Sie keuchte, beleidigt durch die schiere Andeutung, dann schüttelte sie den Kopf.

„Ich wusste es!", sagte ich. Grund zum Feiern gab es jedoch nicht. Schließlich war Heather immer noch tot, und ich hatte meinen Moment mit Tanner gerade verpasst.

Aber trotzdem. Ich konnte es kaum erwarten, Stu Manchester das unter die Nase zu reiben.

„Ich schätze, ich sollte Monster holen und nach Hause gehen", sagte er und stand auf.

„Aber – ich meine ... ich –"

Er warf mir einen *Oh-bitte*-Blick zu, und ich seufzte, während ich den Kopf senkte und mein Schicksal akzeptierte.

„Ja", sagte ich. „Das wird wahrscheinlich eine Weile dauern."

Ich ging mit ihnen hinein. Ruby war schon nach oben gegangen, und nachdem Tanner Monster sanft geweckt und sie für den Heimweg auf den Arm genommen hatte, sagte er: „Wir werden einen Abend finden, an dem wir ins Sheehan's gehen. Vielleicht irgendwann diese Woche?"

Ich brachte ein kleines Lächeln zustande. Mit ihm war nicht alle Hoffnung verloren. „Hört sich gut an", sagte ich.

Als ich die Tür aufhielt, blieb er auf der Schwelle stehen. „Nacht, Nora. Sag Ruby, dass ich mich für das wunderbare Essen und die Gesellschaft bedankt habe. Wir sehen uns morgen früh." Dann beugte er sich langsam vor, und ich schloss die Augen und hoffte auf das Beste.

Aber leider landete der Kuss auf meiner Wange, und ich unterdrückte ein leises Winseln, das drohte, meiner Kehle zu entfleuchen. „Nacht", sagte ich, verbarg meine Enttäuschung und beobachtete ihn, bis er am Ende der Straße verschwand.

Ich holte tief Luft, schloss die Tür und wandte mich dem Wohnzimmer zu, wo der Geist am Feuer schwebte und ungeduldig ihre durchsichtigen Nägel betrachtete.

„Okay, Heather", sagte ich. „Das sollte besser interessant sein."

Kapitel Drei

Ruby hatte ihr Nachthemd angezogen, während Tanner und ich draußen waren. Zweifellos hatte sie erwartet, dass wir mehr Zeit miteinander verbringen würden, als es tatsächlich der Fall war.

Durch ihre dicke Schlafzimmertür aus Holz konnte ich gerade noch ein Brummen hören, als ich vorsichtig anklopfte und ihr sagte, dass sich die Pläne etwas geändert hätten und ein Mitglied des Lovelace-Rudels unsere Hilfe unten brauchte.

„Sie hat nicht *mich* besucht", sagte Ruby, ihre Hand blieb auf der Türklinke. „Warum sollte ich ihretwegen aufstehen müssen?"

Ich neigte den Kopf zur Seite, sagte aber nichts. Sie wusste, dass ich nicht bereit war, diese Fälle allein zu übernehmen, aber ich wollte es nicht sagen.

Mit einem scharfen Ausatmen zog sie ihren Morgenrock um sich und sagte: „Gut. Ich werde einen Eschenrindentee aufkochen."

Geschmacklich war Eschenrindentee nicht meine Lieblingsmischung – er war mir zu bitter –, aber er wurde speziell gebraut, um einen klaren Kopf zu bekommen, ohne die nervöse Energie, die Koffein verursachte. Es war Rubys übliches Gebräu für Gespräche mit Geistern.

Und in den letzten vier Monaten hatten wir eine ganze Menge davon am Wohnzimmertisch geführt. Alle – von einem, Bruce Saxon, abgesehen – hatten nur jemanden zum Reden gebraucht. Sterben konnte eine traumatische Angelegenheit sein, und ich wäre überrascht, wenn irgendjemand es würdevoll und ohne Probleme überstand.

Also saßen Ruby und ich meistens da und hörten zu. In dieser Hinsicht unterschieden sich die Toten nicht allzu sehr von den Lebenden; alle wollten nur gehört werden.

Heather Lovelace brauchte jedoch mehr als nur eine Schulter zum Ausweinen.

„Erzähl mir das Letzte, woran du dich erinnerst", sagte ich. Während Ruby vielleicht da war, um mich zu begleiten und einzuspringen, wenn ich eine offensichtliche Frage übersah, hatten wir eine unausgesprochene Vereinbarung, dass ich die Führung übernehmen würde. Es gehörte zu meiner Ausbildung.

Heather hatte es geschafft, einen Hauch von Überlegenheit mit ins Jenseits zu nehmen. So hätte ich auch ohne ihren Ruf vermuten können, dass sie nicht nur reich gestorben, sondern auch reich zur Welt gekommen war. Geister trugen normalerweise entweder das Outfit, das sie angehabt hatten, als sie gestorben waren, oder ihr Lieblingsoutfit, das ihrer Meinung nach am meisten zu ihnen passte. Ich ging davon aus, dass es sich bei Heather um Letzteres handelte, da die Designerjeans und die Lederjacke kaum für die Junihitze geeignet waren und da sie im Schlaf gestorben war, schien es unwahrscheinlich, dass sie eine Lederjacke getragen hatte. Insgesamt war es ein seltsames Outfit, besonders für jemanden, dessen wegwerfende Gesten und herablassende Blicke geradezu nach altem

Geldadel stanken. Sie sah aus wie eine hoffnungslos reiche Person, die sich zu sehr bemühte, als Bikerin durchzugehen ... und dabei nicht gewillt war, ihren Designergeschmack zu opfern.

Heather zuckte mit den Schultern. „Wie ich eingeschlafen bin. Ich erinnere mich nur daran, dass ich im Bett gelegen habe. Das Zimmer hat sich ein bisschen gedreht, und dann war ich weg."

„Und jetzt bist du hier", sagte ich und prägte mir alle Details ein, so spärlich sie auch waren. „Weißt du, wie du gestorben bist?"

Sie schüttelte den Kopf, während kleine Spuren rauchigen Ektoplasmas um sie herum flossen.

„Und um es klarzustellen: Du hast dich nicht umgebracht?", fragte ich. Es klang so gefühllos, und sie schauderte.

„Nein, das habe ich nicht. Ich hatte keinen Grund dazu."

„Also, was ist deiner Meinung nach passiert?"

„Ich glaube, ich wurde ermordet", sagte sie, ohne zu zögern. „Ich glaube, jemand muss sich eingeschlichen und mich im Schlaf ermordet haben."

Sie wusste es nicht. Ich hasste es, diejenige zu sein, die es ihr sagte, aber es hatte jetzt keinen Sinn, irgendwas zu beschönigen. Sie war tot und würde nicht wieder zum Leben erweckt werden. Die einzige Möglichkeit, irgendwohin zu gelangen, bestand darin, sie ins Jenseits zu schicken, was auch immer das sein mochte. Und ich würde sie nicht dorthin bringen, indem ich die Wahrheit umging und ihr erlaubte, unwissend zu bleiben.

„Es war Silber", sagte ich. „Du bist an einer Silbervergiftung gestorben."

Ihre Verwirrung war offensichtlich. „Also hat mir jemand im Schlaf Silber eingeflößt?"

„Ich weiß nicht."

„Oh", sagte sie, drückte eine Hand an ihr Herz und starrte ausdruckslos auf die Tischplatte. „Das ist schrecklich ... eine Silbervergiftung ist eine furchtbare Art zu sterben." Sie sah zu mir auf. „Wer hat mich gefunden?"

Das war eine Sorge, die viele der Toten hatten.

„Ich bin mir nicht sicher", sagte ich. „Deputy Manchester ist jedoch davon überzeugt, dass es Selbstmord war. Wenn ich ihn also nicht vom Gegenteil überzeugen kann, wird dein Mörder ungestraft bleiben. Hast du eine Ahnung, wer deinen Tod gewollt haben könnte?"

Ruby hatte mir beigebracht, wie wichtig es ist, diese Frage zu stellen ... und wie wenig man auf die Antwort geben sollte. Wenn Geister ihre Mörder nicht gesehen hatten, hatte das meist einen guten Grund. Normalerweise lag es daran, dass der Mörder ein Freund war, und vor jedem Verdacht erhaben sein wollte; sogar durch das Opfer. Verbrechen aus Leidenschaft waren in der Regel kühn und wurden vom Opfer zumindest tief im Inneren erwartet, wenn auch oft nur ein paar Sekunden, bevor sie begangen wurden.

Ich weiß. Makaber, nicht wahr? Aber hier geht es um Mord und Totschlag. Genau genommen ist das alles, worum es hier geht.

„Keine Ahnung", sagte sie. „Ich hatte nie Streit mit irgend-jemandem. Mir ist niemand bekannt, der sich meinen Tod wünschen könnte."

„Du hattest Geld, oder?"

Heather nickte.

„Viel Geld? Genug, um jemanden zu engagieren, der dein Essen kocht?"

Sie nickte wieder. „Natürlich. Reatta hat vier kleine Hexen, die sie zur Schule schicken muss, also habe ich ihr einen Job angeboten, und sie hat die Gelegenheit beim Schopf gepackt."

Ich hatte keine Ahnung, wie viel die Hexenschule kostete,

aber wenn es auch nur annähernd wie eine Privatschule zu Hause war, musste Heather Reatta jeden Monat eine stolze Summe zahlen, damit sie es sich leisten konnte. „Du und Reatta, ihr versteht euch?"

„Ja. Denkst du wirklich, dass sie mein Essen vergiftet haben könnte?" Ihre Augen waren runde Monde, und ich hatte das Gefühl, dass sie tiefblau gewesen waren, bevor sie gestorben war, aber ich konnte nicht genau sagen, wie ich darauf kam.

„Ich weiß nicht. Gab es böses Blut zwischen euch?"

„Nein!", sagte Heather bestimmt. „Sie hat jahrelang für mich gearbeitet. Sie hat praktisch zur Familie gehört!"

Die Familie, die für dich gekocht hat, gehört wahrscheinlich einer niedrigeren Schicht an und hat ziemlich sicher nicht mit dir am selben Tisch essen dürfen, dachte ich. Würde Reatta dasselbe sagen, dass sie sich fühlte, als gehörte sie zu Heathers Familie?

„Okay, schon gut", sagte ich. „Ich glaube dir."

Ich tat es nicht.

„Warst du verheiratet, Heather?", fragte ich.

„Ja." Sie hob eine Hand an ihren Mund und schüttelte traurig den Kopf. „Oh, ich mache mir solche Sorgen um ihn. Lucent ist ein guter Mann, aber er war nie besonders gut darin, auf sich selbst aufzupassen."

„Hattet ihr eine gute Beziehung?"

„Oh ja", sagte sie.

„Besteht die Möglichkeit, dass ihr in den letzten paar Tagen eine Meinungsverschiedenheit hattet, die ..."

„Nein", sagte sie bestimmt. „Lucent würde mir niemals, und ich meine, niemals auch nur ein Haar krümmen. Er hat sich manchmal aufgeregt, aber seine Aggression hat sich nie gegen mich gerichtet."

„Ich verstehe."

Ja, ich würde *auf jeden Fall* ein kleines Gespräch mit Lucent Lovelace führen.

„Warum erzählst du uns nicht, wie dein letzter Tag verlaufen ist, Liebes?", sagte Ruby und brachte uns ein paar Schritte zurück.

Ich nahm an, dass ich ein bisschen zu voreilig war und schon nach Verdächtigen suchte, bevor ich einen Überblick über Heathers Leben und ihren letzten Tag auf Erden hatte.

„Okay, lass mich nachdenken." Sie hob ihre geisterhafte Hand an ihr Kinn und rieb es nachdenklich, während sie zu einer der vielen Kugeln hinaufstarrte, die von Rubys Decke hingen. „Ich bin zu meiner gewohnten Zeit um acht Uhr aufgewacht, habe meinen Bademantel angezogen und bin zum Frühstück nach unten gegangen. Lucent war schon unten, was ein bisschen ungewöhnlich war."

„Warum?", fragte ich.

„Normalerweise schläft er aus. Er muss erst am frühen Nachmittag bei der Arbeit sein, jetzt, wo seine Arbeitszeit gekürzt worden ist. Es war ein Schlag für sein Ego, da er der einzige Angestellte ist, dessen Arbeitszeit auf Teilzeit reduziert worden ist, und er war in letzter Zeit ein bisschen deprimiert. Er hat lange geschlafen, Trübsal geblasen und jeden Tag nach der Arbeit Zeit in Sheehan's Pub verbracht. Oh, ich weiß, dass das kein positives Licht auf ihn wirft. Ich hoffe, du verstehst, dass er gerade eine schwierige Phase durchmacht. Er hatte schon früher welche und hat sich immer wieder gut davon erholt. Eigentlich ist es nichts."

„Du frühstückst zu Hause?", fragte ich.

Sie nickte. „Mache ich immer. Als ich mich hingesetzt habe, hat Lucent schon gegessen, und Reatta hat schon in der Küche aufgeräumt."

„Du hast sie nicht gesehen?"

„Nein."

„Und du bist sicher, dass sie diejenige war, die dein Frühstück gemacht hat?"

Sie lachte. „Also, es war ganz sicher nicht Lucent! Wie gesagt, der Mann kann kaum für sich selbst sorgen. Ich kann mir nicht vorstellen, dass er in dem Zustand, in dem er war, früh aufsteht und ein großes, reichhaltiges Frühstück für uns beide kocht."

„Was hast du nach dem Frühstück gemacht?"

Sie begann, ihre Routine herunterzurattern. „Ich bin nach oben gegangen, habe geduscht und ein bisschen Zeit mit meiner Körperpflege verbracht – ich sehe nicht zufällig so jung aus."

Ich verzichtete darauf, darauf hinzuweisen, dass sie eher tot als jung aussah. Ihre Anti-Aging-Cremes hatten dagegen nicht geholfen.

„Sobald mein Haar und meine Haut ausreichend mit Feuchtigkeit versorgt und verjüngt waren", fuhr sie fort, „habe ich mich für Besorgungen angezogen. Da war ein Stoff, den ich schon seit einiger Zeit im Auge hatte. Ich wollte daraus eine schicke asymmetrische Bluse machen. Dann dachte ich mir, ich hole mir auf dem Emporium was zu essen und gehe dann ins Spa, um ein bisschen zu entspannen."

Ich musste ein Gesicht gezogen haben, das verriet, wie verwirrt ich über ihr Bedürfnis nach Entspannung war. War nicht ihr ganzer Tag eine entspannende Aktivität nach der anderen?

Sie erklärte: „Dass Lucent so viel schmollt, hat meine Nerven strapaziert. Dieses Trübsalgeblase ist auf Dauer unerträglich. Wie gesagt, er war mir gegenüber nie aggressiv, aber, nun ja – ich hasse es, das überhaupt zu sagen – er war passivaggressiv. Hat bissige Kommentare darüber gemacht, dass ich ihn entmannt habe und so weiter. Natürlich habe ich das nicht.

Ich habe ihn nur ermutigt, rauszugehen und einen anderen Job zu finden."

„Und was hast du beruflich gemacht?", fragte ich.

„Ich?" Sie kicherte. „Oh, ich arbeite nicht. Das muss ich nicht. Ich bin eine Lovelace."

„Ist Lucent nicht auch ein Lovelace?"

„Schon, aber natürlich nicht von Geburt. Er war früher ein Scandrick." Sie rümpfte die Nase. „In der Werwolf-Gemeinde ist die Auswahl nicht gerade groß."

Ah richtig. Das hatte ich fast vergessen. Werwölfe waren eine matriarchalische Gesellschaft. Die Männer nahmen die Nachnamen ihrer Frauen an. Heather hatte nicht eingeheiratet, Lucent schon.

„Wollte Lucent arbeiten?"

„Er hat darauf bestanden."

„Und er hat nicht darauf bestanden, dass du arbeitest?"

„Oh, nein, nein, nein ...", sagte sie und schüttelte langsam den Kopf. „Er hätte sich in die Sklaverei verkauft, bevor er von mir verlangt hätte, einen Job anzunehmen. Er kannte den Lebensstil, den ich gewohnt war, und er war entschlossen, mir zu ermöglichen, ihn beizubehalten, auch nachdem ich ihn geheiratet hatte."

Obwohl es faszinierend war, das Innenleben einer (zumindest soweit ich das beurteilen konnte) ungesunden Ehe zu sehen, schweiften wir ab. „Du bist also einkaufen gegangen, dann zum Emporium und danach ins Spa?"

„Nein", sagte sie. „Das war mein Plan, aber so ist es nicht gelaufen. Als ich zum Schneider gegangen bin, wurde mir wieder schwindelig."

„Wieder?", fragte ich.

„M-hm. Mir war seit etwa einer Woche morgens und abends schwindelig."

„Tut mir leid, dass ich eine so persönliche Frage stellen

muss, Heather, aber besteht die Möglichkeit, dass du schwanger warst?"

Sie winkte mit einer Handbewegung ab. „Nein. Lucent und ich haben nicht einmal daran gedacht, Kinder zu bekommen. Erst, wenn er einen besseren Job gefunden hätte."

„Okay, aber Unfälle passieren. Vielleicht warst du schwanger, ohne es zu wollen?"

Ihr Blick wanderte hilfesuchend zu Ruby. „Ich verstehe nicht."

Ruby beugte sich über den Tisch zu mir. „So funktioniert das hier nicht. Viel bessere Verhütung. Seit vierzig Jahren hat es keine versehentliche Schwangerschaft mehr gegeben."

„Ah." Und da machte ich deutlich, dass ich seit meiner Ankunft in Eastwind keine Gelegenheit gehabt hatte, mich mit Verhütungsmitteln auseinanderzusetzen. Ich versuchte, mich schnell zu erholen. „Dir war also schwindelig, und du hast das Shopping ausgelassen."

„Ja. Da ich jedoch nicht weit vom Pixie Mixie entfernt war, bin ich da vorbeigegangen, um mir was gegen den Schwindel zu holen. Die Verkäuferin Kayleigh hat mich angewiesen, es mit Essen einzunehmen, also bin ich in den Supermarkt gegangen und hab' mir was bei meinem Lieblings-Sandwich-laden geholt."

„Hat das geholfen?"

Sie lächelte. „Oh ja. Es schien auf jeden Fall so. Erst später am Abend wurde mir wieder schwindelig."

„Wo bist du nach dem Emporium hingegangen?"

„Direkt ins Spa!", sagte sie, als wäre es die naheliegendste und verantwortungsvollste Entscheidung. „Der Geburtstag meiner Mutter war ... eigentlich heute."

„Das ist bedauerlich", sagte ich.

Sie zuckte mit den Schultern. „Nur ein bisschen. Sie und ich haben fast nie gesprochen. Ich war für sie tot, lange bevor ich gestorben bin. Spielt keine Rolle. Ich habe ihr jedes Jahr ein Geburtstagsgeschenk geschickt, egal ob wir gesprochen hatten oder nicht – die bessere Frau zu sein war der beste Weg, ihr unter die Haut zu gehen. Eigentlich hatte ich geplant, beim Einkaufen was für sie mitzunehmen, aber als das nicht geklappt hat, wurde mir klar, dass das Spa auch ein toller Ort für die Suche nach einem Geschenk ist. Sie stellen individuell alle Arten köstlicher Cremes und Masken her. Man kann sogar den Duft auswählen und speziell mischen lassen. Es ist eine meiner Lieblingsbeschäftigungen, neue verwöhnende Schönheitsprodukte auszusuchen. Die Gesichtscreme, die sie zuvor für mich gemischt hatten, war so unglaublich, dass ich dachte, sie könnte sogar für meine anspruchsvolle Mutter geeignet sein. Ich hatte vor, ihr auf dem Weg nach draußen nach einem kompletten Entspannungspaket eine mitzunehmen."

Ich versuchte, nicht zu sehr darüber nachzudenken, wie anspruchsvoll Mrs. Lovelace sein musste, dass Heather sie als anspruchsvoll bezeichnete. „Hört sich wunderbar an", sagte ich und hatte das Gefühl, mein Kopf würde explodieren, wenn ich noch länger einer Toten zuhören müsste, die über Hautpflegeprodukte redete. „Wo bist du nach dem Spa hingegangen?"

„Nach Hause", sagte sie schnell. „Ich habe die Spa-Öle abgeduscht, ein Buch gelesen, zu Abend gegessen, und dann war das Schwindelgefühl wieder da, also habe ich noch was von der Mischung aus der Apotheke genommen und bin zu Bett gegangen. Und nie wieder aufgewacht."

„Und wer hat dein Abendessen gekocht?"

„Reatta natürlich, aber wir fangen nicht nochmal mit ihr an, oder?"

„Hat Lucent mit dir zu Abend gegessen?"

„Nein. Er war sicher unterwegs und hat getrunken. Wahrscheinlich im Sheehan's, wo er wieder mal versucht hat, einen

Streit mit Seamus Shaw anzuzetteln ... nicht, dass das besonders schwierig wäre."

Ich warf Ruby einen Blick zu, und sie zuckte mit den Schultern. Wir hatten die Informationen, die wir brauchten, um loszulegen, und es hatte keinen Sinn, zu versuchen, Schlüsse zu ziehen, bis ich mit den relevanten Personen gesprochen und eine genauere Vorstellung davon hatte, wie Heathers Leben hinter Reichtum, Luxus, Glamour, und vor allem Ego, aussah.

Es wäre auch hilfreich, wenn ich Deputy Manchester davon überzeugen könnte, dass es sich tatsächlich um einen Mord und nicht um einen Selbstmord handelte. Das Gesetz auf seiner Seite zu haben, war nie eine schlechte Sache.

„Danke, Heather. Du hast uns sehr geholfen."

Sie lächelte breit. „Okay. Was jetzt?"

Ruby rutschte von ihrem Stuhl und kam einen Moment später mit den notwendigen Behältern und der Kupferschüssel aus der Küche zurück. „Jetzt werde ich schlafen gehen."

„Und was soll ich machen?", fragte sie empört. „Rumsitzen?"

„Das wäre nicht anders als das, was sie jeden Tag gemacht hat, als sie noch gelebt hat", bemerkte Grim.

„Das habe ich auch gerade gedacht."

Ich sprach es allerdings nicht laut aus. Stattdessen sagte ich: „Es wird hoffentlich nur ein paar Tage dauern, bis wir das geklärt haben. Jetzt musst du einen Moment stillhalten."

„Hä? Was machst du?"

„Verankerung."

Sie schnappte nach Luft und tat beleidigt. „Du willst mich *hier* verankern? An *diesem* Ort?" Sie rieb sich die Oberarme und starrte zu den diversen Glockenspielen und Totems hinauf.

„Ja. Tut mir leid, Heather, aber du hast um meine Hilfe gebeten. So helfe ich."

Sie schauderte, gehorchte aber und fügte hinzu: „Wenigstens kann mich hier drin niemand sonst sehen.”

„Halt still”, schnauzte Ruby. „Das könnte ein bisschen wehtun.”

Ich sah sie verwirrt an. „Verankern tut nicht weh.”

Ruby warf mir einen Seitenblick zu und murmelte aus dem Mundwinkel: „Es kann, wenn man es will.”

„Au!”, schrie Heather. „Ich bin tot! Wie kann ich das spüren?”

Ruby machte Ts. „Es tut mir leid, Liebes. Aber es ist fast vorbei.”

Sie begegnete meinem Blick, und ich unterdrückte ein Grinsen, um ihr zu zeigen, dass ich ihre kleinliche Vergeltung für die Beleidigungen, die ihr Zuhause erlitten hatten, missbilligte.

Aber seien wir ehrlich, es war schon ein bisschen unterhaltsam.

„Auuu! Es ist, als würde jemand mir mit einem Zauberstab ins Gesäß stechen!” beschwerte sich Heather und versuchte, höher zu schweben, um der unsichtbaren Kraft zu entgehen, die sie von hinten stieß.

„Bitte, Liebes”, sagte Ruby. „Du *musst* stillhalten. Ich bin fast fertig. Oops! Ein Stups noch. Oh, warte, nein, noch einer. Das sollte es sein – nein, noch ein Letzter.” Als sie mir zuzwinkerte, hätte ich fast losgeprustet.

Ich denke, in dieser Branche musste man seine Tritte landen, wann und wo man konnte.

Kapitel Vier

Ich musste mit Deputy Manchester sprechen, und zum Glück waren dafür keine großen Umwege nötig.

Ich musste nur zu meiner Schicht gehen und darauf warten, dass er für Kaffee und Kuchen hereinkam.

Es klingt so einfach, aber als ich am nächsten Morgen das Medium Rare betrat, war ich in höchster Alarmbereitschaft, da ich wusste, dass ich Tanner nach unserem Beinahekuss am Abend zuvor wiedersehen würde. Trotz des mentalen Aufruhrs, den Heathers Auftauchen mit sich gebracht hatte, konnte ich immer noch nicht aufhören, darüber nachzudenken, wie er mich auf der Schaukel angesehen hatte, wie er seinen Arm um mich gelegt und wie seine Hand meine Schulter berührt hatte.

Aber diese Version von Tanner war nirgends zu finden, als ich im Medium Rare ankam. Der Tanner, der mit den Nerven am Ende war, war zurück, und sobald ich die Küche betrat, war klar, dass jegliche romantische Spannung des Abends zuvor verschwunden war.

Ich fand ihn zwischen langen Metallregalen im hinteren

Bereich, wo er den Bestand auf einem Klemmbrett überprüfte und die Stirn runzelte, während er die Zahlen durchging. „Du bist spät dran", sagte er, als ich herein kam.

„Nein, bin ich nicht."

„Doch", beharrte er und ging zu der Wand, an der der Arbeitsplan ausgehängt war. „Du hättest schon vor fast einer Stunde hier sein sollen." Er zeigte auf meine Schichtzeit von fünf Uhr morgens.

„Tanner. Es ist erst Viertel vor vier. Ich bin früh."

Er hielt inne und starrte mich an. In seinen haselnussbraunen Augen regte sich ein Anflug von Verwirrung. „Oh. Okay. Dann, ähm, gute Arbeit. Würdest du nach Xavier Valencia an Tisch neun sehen? Er hat ausgesehen, als würde er gleich wieder in der Nische einschlafen."

„Schon erledigt." Ich band meine Schürze um und verschwand so schnell ich konnte aus der Küche.

Armer Tanner. In dem Zustand, in dem er sich befand, konnte er einen Kobold nicht von einem Kobold unterscheiden.

Ich erinnerte mich an meine ersten Monate als Restaurantmanager und später als Besitzerin eines Restaurants. Es hatte ein ganzes Jahr gedauert, den Dreh rauszubekommen – und ich hatte jemanden, der mich angeleitet und ausgebildet hat. Tanner trieb hilflos umher. Ich wusste, dass ich helfen konnte, aber wollte ich in Eastwind den gleichen stressigen Weg einschlagen wie in Austin? Hätte jemand anderes als Tanner solche Probleme gehabt, wäre meine Antwort ein klares Nein gewesen.

Aber weil es Tanner war, dachte ich darüber nach. Ich könnte ihm zumindest Tipps geben.

Allerdings würde das vielleicht Fragen zu meinem Leben vor Eastwind aufwerfen, und das wollte ich immer noch nicht. Ich wollte das alles hinter mir lassen.

Der Deputy kam gerade zu Kaffee und Kuchen herein, als

der Frühstücksansturm gegen acht Uhr morgens zunahm. Ich musste drei Tische versorgen, bevor ich ihm sagen konnte, was ich über seinen sogenannten Selbstmord herausgefunden hatte. Ich griff nach der leeren Kaffeekanne, um mehr aufzubrühen, damit ich als Einleitung zum Gespräch Stus Kaffee auffüllen konnte, doch da sah ich Grim hereinstürmen, als Ted ihm die Tür aufhielt.

„Hey, Nora!", rief Ted über den Lärm der Gäste hinweg.

Ich winkte.

„Hängt ihr zwei jetzt zusammen ab?", fragte ich Grim, während er hinter der Theke zu seinem Schlafplatz trottete. Wenn meine Schicht so früh anfing, stand er nie mit mir auf, sondern wachte stattdessen rechtzeitig auf, um mit Ruby ein paar Scheiben Speck zu essen, bevor er durch Eastwind an den Ortsrand und ins Medium Rare spazierte ... wo er von Stammgästen noch mehr Speck bekam, die scheinbar annahmen, dass ich ihn nicht fütterte. Wahrscheinlich müsste ich ihn nicht mit all den Essensresten füttern, die er im Laufe des Tages fraß. Er war runder geworden, seit er vor vier Monaten die Deadwoods verlassen hatte, aber es liegt mir fern, ihn wegen seines Aussehens zu beschämen.

„Auf keinen Fall", sagte Grim. *„Dieser Typ ist sonst wie eine Klette. Er hält uns für alte Freunde, nur weil ich einmal gestorben bin."*

Ich dachte an meine eigenen unbehaglichen Begegnungen mit Ted. *„Wenigstens ist er nicht in dich verknallt."*

„Bist du dir da sicher? Er hat mir neulich gesagt, ich hätte, und ich zitiere ‚einen wunderschönen Mantel'."

„Nun, den hast du ja auch. Muss an all den Bädern liegen. Gern geschehen."

„Hier bitte, Deputy", sagte ich und goss Stu frischen Kaffee ein.

Er blickte kaum von der *Eastwind Watch* auf, der Tageszeitung, die eher Verschwörungstheorien als Fakten druckte.

„Ist da heute was Gutes drin?", fragte ich.

Er schnaubte. „Kaum."

Das hatte ich nicht erwartet. „Ich habe gute Nachrichten für Sie."

Das erregte seine Aufmerksamkeit, und er senkte das Papier, faltete es aber noch nicht zusammen. „Ich bin ganz Ohr, Miss Ashcroft. Manchmal fühlt es sich so an, als würde diese Stadt versuchen, sich selbst niederzubrennen, und ich bin der Einzige, der aktiv versucht, das zu verhindern. Nun ja, ich und Sheriff Bloom, *wenn* sie sich von diesem Berg Papierkram losreißen kann, den sie ein Büro nennt."

„Sie erinnern sich an den Selbstmord in Hightower Gardens, den Sie gestern erwähnt haben?"

Er sah mich mit zusammengekniffenen Augen an. „Scheint eine Ewigkeit her zu sein, aber ja."

„Es war kein Selbstmord. Sie wurde ermordet."

Er verzog das Gesicht, sodass sich sein Schnurrbart zu sträuben schien. „Glauben Sie, dass es eine gute Nachricht ist, mir zu sagen, dass es sich um einen Mord und nicht um einen Selbstmord handelt?"

„Oh. Ähm. Na ja, vielleicht nicht."

„Genau, Miss Ashcroft. Das ist es nicht. Denn wenn dem so wäre, was nicht der Fall ist, hätte ich jetzt einen Mörder auf freiem Fuß, den ich aufspüren müsste."

„Deputy, ich weiß, dass es wahr ist. Heather Lovelace hat mich gestern Abend besucht."

Für einen Moment schien es, als ob meine Worte seine Meinung ändern oder ihn zumindest eine neue Möglichkeit in Erwägung ziehen lassen könnten. Ich konnte jedoch fast genau den Moment erkennen, in dem er den Gedanken aus seinem Kopf vertrieb. „Einhornäpfel. Sie hat Selbstmord begangen."

„Nein", sagte ich. „Das hat sie nicht. Sie hat mir gesagt, dass sie es nicht getan hat."

„Und Sie haben ihr geglaubt?", sagte er und begann, die *Eastwind Watch* wieder zwischen uns zu schieben.

Ich schob sie vorsichtig herunter, damit er mich ansehen musste. „Ja, Stu. Ich glaube ihr."

Er nickte mitfühlend. „Okay, ich verstehe. Sie sind noch neu in diesem Bereich. Aber lassen Sie mich Ihnen sagen: Nichtwahrhabenwollen ist nicht nur ein Fluss in Avalon."

Der bekannte Hinweis verwirrte mich. „Avalon hat einen Fluss, der Nichtwahrhabenwollen heißt?"

„Hä? Ja, *Denial*, das englische Wort dafür. Schöne Gegend. Anscheinend ein Top-Urlaubsort. Ich war selbst noch nie da, habe aber Gemälde gesehen. Ich habe vor, dorthin zu fahren, wenn ich in Rente gehe. Wie auch immer, ich kann Ihnen nicht sagen, wie viele Leute ich verhaftet habe, die etwas so sehr nicht wahrhaben wollten, dass sie dachten, *sie* seien die Opfer. Sie waren überzeugt davon. Ich habe es gesehen. Warum sollte das anders sein, nur weil jemand ein Geist ist?"

„Ich glaube nicht, dass sie es nicht wahrhaben wollte, Stu."

„Dann wollen Sie es nicht wahrhaben, Miss Ashcroft." Er zuckte mit den Schultern. „Es tut mir leid, dass ich so direkt bin, aber ich sage es, wie ich es sehe." Er hob die Zeitung hoch und schüttelte sie gerade.

Ich drückte sie wieder hinunter. „Und ich sage es, wie ich es sehe. Es war Mord, nicht Selbstmord."

„Das ist großartig", sagte er. „Aber ich sehe es besser, als Sie es sehen."

Als er das Papier wieder hob, schlug ich fester darauf, sodass in der Mittelfalte ein Riss entstand. Sein Blick sprang zu meinem Gesicht, und ich sah, dass ich seine volle Aufmerksamkeit hatte.

Nur hatte ich nichts weiter zu sagen, also starrte ich ihn einfach mit offenem Mund an.

Er stöhnte, verdrehte die Augen, faltete die Zeitung zusammen und legte sie auf den leeren Stuhl neben sich. „Wenn Sie entschlossen sind, sich in die Strafverfolgung einzumischen, Miss Ashcroft, sollten Sie eines lernen."

„Und das wäre?"

„Haben Sie jemals von einem Hidebehind gehört?"

„Nein."

„Das sind Kreaturen, die draußen in den Deadwoods leben, mehr Dämonen als Tiere. Sie vermeiden es, jemals gesehen zu werden, indem sie sich hinter Dingen verstecken, aber es heißt, manchmal kann man Blätter knirschen hören oder einen flüchtigen Blick auf ihren Schatten erhaschen. Hin und wieder behauptet ein mutiger Werbär, er habe einen gesehen und ihm direkt in die Augen gestarrt. Und wann immer jemand im Wald vermisst wird, raten Sie mal, was dafür verantwortlich gemacht wird?"

„Hidebehinds", sagte ich und bekam eine vage Vorstellung davon, worauf er damit hinauswollte.

„Genau. Alle wollen, dass es ein Hidebehind ist. Aus irgendeinem seltsamen Grund ist die Vorstellung, dass eine Kreatur, die niemand sehen kann, hinter einem Baum hervorspringt und jemanden wegschleppt, um ihn zu verschlingen, verlockender ist als die Vorstellung, dass derjenige einfach in ein Loch gefallen ist, sich den Knöchel gebrochen hat und verhungert ist. Oder vielleicht von einem Baum erschlagen wurde. Oder vielleicht" – er schaufelte sich ein Stück Kuchen in den Mund – „ist der Narr in den Wald gegangen, *um* zu sterben. Vielleicht hat er es sich selbst angetan."

„Und der Punkt?" Ich fühlte mich entmutigt, aber auch empört.

„Der Punkt ist, dass Hidebehinds ein dampfender Haufen

Einhornäpfel sind. Aber es macht auf jeden Fall Spaß, darüber nachzudenken. Wenn Sie also anfangen wollen, hier Verbrechen aufzuklären, müssen Sie aufhören zu glauben, jeder Schatten sei ein Hidebehind. Das ist Strafverfolgung für Anfänger. Andernfalls werden Sie Ihr ganzes Leben damit verbringen, nach etwas zu suchen, das nicht existiert, und übersehen alle offensichtlichen Antworten. Und lassen Sie mich Ihnen sagen: ich habe den Lovelace-Tatort selbst gesehen, und er sah aus wie jeder andere Silberselbstmord, den ich je gesehen habe. Wenn ich zu dem Schluss gekommen wäre, dass es etwas anderes war, würde ich dem Reiz des Hidebehind nachgeben. Doch das werde ich nicht, und ich empfehle Ihnen, es auch nicht zu tun." Er machte eine Pause, um Sahne und Zucker in seinen Kaffee zu rühren. „Wenn dieser Geist Sie nicht in Ruhe lässt, sollten Sie sich vielleicht ein paar Verbannungszauber ansehen. Oder vielleicht sprechen Sie mit ihr. Bringen Sie sie dazu, zuzugeben, dass sie nur eine von vielen einsamen, elenden reichen Frauen war, die jegliche Lust verloren hat, sich am Morgen aus dem Bett zu schleppen. Vielleicht hilft ihr das, weiterzuziehen." Er beugte sich vor und trank zögernd einen Schluck seines heißen Kaffees. „Ich weiß nicht, wie dieses Geisterzeug funktioniert, aber ich bin sicher, Miss True kann Ihnen helfen."

Es war offensichtlich, dass wir am Ende des Gesprächs angelangt waren; ich wette, er hätte mich ignoriert, wenn ich weitergeredet hätte, und ich würde ihm nicht die Genugtuung geben. Ich nahm die Kaffeekanne vom Tresen und stellte sie wieder auf die Warmhalteplatte.

Wenn Deputy Manchester seine Geschichte jemand anderem erzählt hätte und ich nur ein zufälliger Beobachter gewesen wäre, hätte ich ihm wahrscheinlich zugenickt. In vielerlei Hinsicht hörte sich das, was er gesagt hatte, vernünftig an.

Allerdings war ich kein zufälliger Beobachter. Ich war diejenige, die am Abend zuvor direkt mit dem Opfer gesprochen hatte, und obwohl Heather auf mich wie jemand wirkte, der sein ganzes Leben lang knietief in Nichtwahrhabenwollen gelebt hatte, sagte mir meine Intuition, dass es kein Selbstmord war, und das war etwas, das ich nicht ignorieren wollte.

Die langen Juninachmittage waren gut, um nach meiner Schicht Erledigungen zu machen, bevor die Sonne unterging, aber heiliger Strohsack, sie waren heiß. Fast so heiß wie Sommer in Texas. Die Kopfsteinpflasterstraßen der Innenstadt von Eastwind strahlten nicht so viel Wärme ab wie der Asphalt der Innenstadt von Austin, aber es war nah dran. Ich hatte den ersten Monat meines Lebens in Eastwind damit verbracht, mich zu fragen, warum es trotz all der Magie keine öffentlichen Verkehrsmittel gab. Doch während ich mich langsam an das angenehme Tempo des Lebens hier gewöhnte, begann ich zu verstehen.

Das Gehen hatte eine ganz eigene Magie. Auch flächenmäßig war es keine große Stadt. Ich konnte es in weniger als zwanzig Minuten von einer Seite zur anderen schaffen. Ich war schon immer schlank gewesen, aber ich hatte mich noch nie so gesund gefühlt. Gelegentlich beobachtete ich eine Hexe, die auf einem Besen vorbeisauste, oder einen älteren Menschen, der auf einem fliegenden Teppich vorbeiflog, aber mein Verlangen nach Geschwindigkeit, der Drang zur Eile, zur Eile, zur Eile war nicht mehr so vorhanden wie fast schon mein Leben lang.

Allerdings wäre ein klimatisierter Bus in der glühenden Sommersonne eine willkommene Überraschung gewesen.

Ich ging vom Diner zum Whirligig's Garden Center und kam nur langsam voran. Grim wollte in der magisch gekühlten Luft des Medium Rare bleiben, anstatt mitzukommen, und ich konnte ihn nur vom Gegenteil überzeugen, indem ich ihn damit bestach, ihm auf dem Rückweg durch das Eastwind Emporium ein Stück rohes Fleisch vom Metzger zu kaufen.

Ich sagte allerdings nicht, welches Stück Fleisch, doch ich kann Ihnen sagen, dass ich nicht pleitegehen würde, nur damit Grim weiter besser essen konnte als ich an den meisten Tagen.

Die Zunge hing aus seinem offenen Maul, und er ließ den Kopf hängen, als wir uns der efeubewachsenen Steinmauer des Gartencenters näherten. Grim sah aus, als würde er schmelzen, und ich hätte gelacht, aber ich hatte ein bisschen das Gefühl, selbst zu schmelzen, und dass ich, anders als er, schwitzen konnte, ließ mich wahrscheinlich noch mehr so aussehen als Grim.

„Ich werde mich hier nur ... ein bisschen ausruhen ...", hechelte er und trabte zu einem schattigen Platz unter einem Baum mit langen, tiefhängenden Ästen und dichtem Laub.

„Komm schon, Grim. Ich brauche dich an meiner Seite, wenn ich Lucent vernehme. Sogar Heather hat gesagt, dass er aufbrausend ist."

„Glaubst du, ich könnte dich in dieser Hitze verteidigen, wenn ich wollte? Auf keinen Fall. Ich hätte die Deadwoods nie verlassen sollen."

„Ein bisschen spät dafür, findest du nicht?"

„Gar nicht. Ich könnte dorthin zurück, wann immer ich will."

„Das sagst du ständig, und doch bist du hier."

„Nora", sagte eine tiefe Stimme von weiter unten auf dem überwucherten Pfad.

Ansel Fontaine schlenderte auf mich zu, eine Palette mit Sukkulenten auf seinen muskulösen Armen. Ich hätte gesagt, dass ich ein paar Pflanzen von zu Hause erkannte, nur dass die in Texas sich nicht so wanden wie diese. Und ich meine: sie wanden sich. Sie bewegten sich und schienen miteinander zu zanken.

Ansels dunkle Haut war mit Schweiß bedeckt, was deutlich zu erkennen war, weil er sein Hemd ausgezogen hatte. Wenn Jane Saxon nicht jeden Zentimeter des Körpers ihres Verlobten voll ausnutzte, würden sie und ich uns ein wenig unterhalten müssen.

„Hey, Ansel."

„Was geht, Grim?" Er grinste spöttisch. Er war immer noch nicht über Grims Domestizierung hinweg, da die beiden einander aus den Deadwoods kannten. „Was führt euch hierher?", fragte er. „Werde ich eines weiteren Mordes verdächtigt?" Er neigte den Kopf. „Weil ich Ihnen jetzt schon sagen kann, dass Jane und ich die ganze letzte Nacht beschäftigt waren. Und dann heute Morgen noch ein paarmal. Sie kann es bestätigen."

Ich hob eine Hand. „Okay, ganz ruhig. Nein, Sie stehen nicht unter Mordverdacht." Ich hielt inne und wollte nicht weiterreden, weil ich wusste, dass Ansel den wahren Grund meiner Anwesenheit sofort herausfinden würde, sobald ich meine nächste Frage stellte. „Aber ist Lucent Lovelace heute zufälligerweise hier?"

„Ah." Er presste die Lippen zusammen, und seine Nasenflügel blähten sich, während er Luft einsaugte. „Also habe ich gar nicht so falsch gelegen."

Ich schüttelte den Kopf und zuckte entschuldigend mit den Schultern.

„Ihnen ist klar, dass seine Frau gerade Selbstmord begangen hat, oder?"

„Darum bin ich hier."

Er richtete sich auf und musterte mich von oben bis unten. „Ein unerwünschter Ratschlag: Halten Sie sich von ihm fern, okay? Er ist ziemlich fertig deswegen. Er ist heute nicht ganz richtig im Kopf."

„Und doch ist er zur Arbeit gekommen." Tandy war am Tag nach der Ermordung ihres Geliebten im Echo's Salon, ihrem Arbeitsplatz, aufgetaucht, und es hatte sich herausgestellt, dass sie diejenige war, die es getan hatte.

Ansel beugte sich vor und flüsterte eindringlich. „Wohin soll er sonst gehen? Ihr Bett ist praktisch noch warm von ihrem Leichnam. Es ist das Haus, das der Reichtum ihrer Familie gebaut hat, und jetzt ist es alles, was er von ihr übrig hat, eine Erinnerung daran, dass dieser Reichtum sie unglücklich gemacht hat."

„Scheint so", sagte ich nicht überzeugt.

„Ich verstehe nicht, warum Sie mit ihm reden müssen."

Auch ich beugte mich vor, aber erst sah ich mich um, um sicherzugehen, dass wir nicht belauscht wurden. Es störte mich, dass Ansel dachte, ich sei nur hier, um einen Mann am Tag, nachdem seine Frau tot aufgefunden wurde, zu belästigen, also beschloss ich, die Sache klarzustellen. „Es war kein Selbstmord", sagte ich.

„Sind Sie sich da sicher, Nora? Ich meine, Sie sind sich absolut sicher? Denn es wäre besser, wenn sie sicher wären, bevor Sie diesen Weg einschlagen."

„Ich nehme an, Sie beide sind Freunde?"

„Kaum. Dieser Mann ist ein streitsüchtiger Arsch. Überall, wo er hingeht, bringt er Ärger mit, als würde er ihn magisch anziehen. Ich halte mich von ihm fern, so gut ich kann."

Die Tatsache, dass Ansel, ein muskulöser Adonis, Abstand zu Lucent hielt, trug nicht gerade zu meiner Beruhigung bei. Ich würde vorsichtig vorgehen müssen. Wenn irgendwas schiefging, wäre Grim in animalischer Bestform vielleicht nicht in der Lage, mich zu retten.

„Ich werde sanft reden und einen großen Knüppel tragen",

sagte ich, bevor mir einfiel, dass Ansel dieses Zitat wahrscheinlich noch nie zuvor gehört hatte.

„Sie werden mehr brauchen als einen großen Knüppel."

„Richtig. Ich weiß. Es ist … egal."

„Ich sehe, dass ich Sie nicht davon abbringen werde. Also gut. Aber wenn Jane fragt, wie es dazu kam, dass Sie von Lucent verprügelt worden sind, sollte mein Name besser nicht fallen." Er presste seine Lippen angespannt zusammen, als zwei der Sukkulenten auf der Palette miteinander zu kämpfen begannen. „Er ist drüben beim Laden, nur ein Stück den Weg runter. Biegen Sie an der Gabelung links ab. Das letzte Mal, als ich ihn gesehen habe, war er dabei, Steine zu schaufeln, die nicht geschaufelt werden mussten, und Thaddeus hatte keine Lust, ihm das zu sagen."

„Thaddeus?"

„Thaddeus Whirligig. Der Druide, der dieses Gartencenter leitet. Netter Kerl. Könnte manchmal ein Rückgrat gebrauchen. Er hat Lucent Arbeitszeit vor einer Weile auf eine Teilzeit reduziert, weil er zu viel Angst hatte, ihn sofort zu entlassen. Ich dachte, der Typ würde den Wink verstehen, dass es an der Zeit war, sich einen anderen Job zu suchen. Aber heute hat er Lucent gesagt, dass er wieder Vollzeit arbeiten kann. Aus Mitleid, da bin ich mir sicher, aber trotzdem. Dieser Werwolf macht mehr Ärger, als er wert ist." Er schüttelte den Kopf. „Ich gehe besser diese kleinen Kerle eintopfen, bevor sie anfangen, Saft zu spucken."

„Ähm. Ja. Machen Sie das. Ich werde einfach …" Ich zeigte in die Richtung, in die er uns gewiesen hatte.

Grim schlurfte mir hinterher, und es dauerte nicht lange, bis ich eher Grunzen und Schreien als Ansels Wegbeschreibung folgen konnte. Ich hatte das Gefühl, dass ich schon wusste, wer die ganze Aufregung verursachte.

Ein Mann, der wie ein kleiner Stapel Ziegelsteine gebaut

war, hob eine Schaufel über seinen Kopf in die Luft, schlug sie in einen Kieshaufen und schrie: „Hy-ahh!" Er tat es noch ein paarmal und machte dabei noch seltsamere Geräusche. Es war unklar, ob er einen Nervenzusammenbruch hatte oder versuchte, gegen einen unsichtbaren Feind zu kämpfen. Ich nahm an, dass die beiden Szenarien nicht vollkommen unvereinbar miteinander waren. Könnte beides gewesen sein.

„Lucent?", fragte ich vorsichtig, hielt Abstand und blieb in der Nähe der Ecke des Gartencentergebäudes, nur für den Fall, dass ich der Schaufel oder Steinen ausweichen müsste.

Doch als er seinen Namen hörte, hielt er mitten im Angriff auf den Kies inne, und der Griff der Schaufel rutschte ihm aus der Hand, als er sich langsam zu mir umdrehte. „Hm?"

Trotz seines massigen Körpers war sein Gesicht hager und hatte tiefe, grabenartige Grübchen in den Wangen. Sein Gesicht mochte vor zwei Tagen glatt rasiert gewesen sein, aber jetzt beschatteten blonde Stoppeln sein Kinn. Sein sandblondes Haar war an den Seiten kurz, oben länger und schweißnass aus seinem zu sehr gebräunten Gesicht gestrichen. „Wer sind Sie?", fragte er und starrte mich ausdruckslos an. Er sah aus wie ein Mann, der gerade aus einem versehentlichen Nickerchen aufgewacht war.

„Nora", sagte ich. „Nora Ashcroft."

„Noch nie von Ihnen gehört."

„Ich bin neu in der Stadt."

Er knirschte den kleinen Hügel hinunter, und ich war erleichtert, dass er seine Schaufel nicht mitgenommen hatte. „Aus Avalon?" Er musterte mich von oben bis unten. „Nein, die Leute aus Avalon würden eher ihre eigenen Füße essen, bevor sie sich so anziehen würden."

„Das fasse ich als Kompliment auf", sagte ich.

„Sollten Sie. Avalonier sind die größten Trottel, die ich je getroffen habe. Können nichts anderes, als sich beschweren und hinter anderer Leute Rücken über sie herziehen." Sein Blick bohrte sich so intensiv in mich, dass es sich anfühlte, als hätte er es geschafft, einen Teil des Schmutzes, der an ihm klebte, auf mich zu übertragen, ohne Körperkontakt herzustellen. „Was wollen Sie? Sind Sie ein Cop?"

„Nein", sagte ich. „Ich bin kein Cop, aber ich wollte Ihnen mein Beileid wegen Heather aussprechen."

Sein Körper spannte sich an. Ich spürte die Spannung mehr, als dass ich sie sah. „Sie kennen Heather? *Kannten* Heather."

„Wir sind uns begegnet."

„Dann wissen Sie schon, dass sie nicht Selbstmord begangen hat. Jeder, der zwei Sekunden in ihrer Nähe verbracht hat, weiß das."

Interessant. „Glauben Sie, dass jemand anderes dafür verantwortlich war?"

„Natürlich!" Er ballte wie ein gereiztes Kind die Hände an seinen Seiten zu Fäusten, und sein gebräuntes Gesicht wurde rot. „Sie würde mich auf keinen Fall so verlassen! Sie können Manchester sagen, dass er meiner Meinung nach seine Selbstmordtheorie nehmen und sie sich in den ..."

„Das habe ich schon", sagte ich.

Das ließ ihn innehalten. „Was?"

„Ich habe ihm schon gesagt, dass ich das nicht glaube. Ich bin auf Ihrer Seite, Lucent. Ich glaube nicht, dass Heather es getan hat."

Die Anspannung in seinem Körper löste sich, als er die Schultern sinken ließ und seine Finger ausstreckte. „Im Ernst?"

„Im Ernst. Ich will der Sache auf den Grund gehen. Aber bevor ich das kann, brauche ich noch ein paar Informationen von Ihnen." Ich wählte meine Worte sorgfältig. Der offensichtlich beste Ansatz bestand darin, ihn glauben zu lassen, dass er sich nicht im Umkreis von hundert Meilen auf meiner Verdächtigenliste befand, sondern dass er und ich in dieser Sache auf derselben Seite waren.

Er wischte sich mit dem Handrücken über die Stirn, bevor er den Schweiß zur Seite wischte. „Was wollen Sie wissen?"

„Erstens: Da Sie Ihren Verdacht erwähnt haben, bin ich neugierig, wen Sie verdächtigen."

„Das Problem ist, dass ich keinen bestimmten Verdächtigen habe. Aber ich wette mit dem wenigen Geld, das ich in diesem schlecht geführten Etablissement verdiene, dass Heathers Familie was damit zu tun hat."

„Ihre Familie?"

„Ja, diese Leute sind nie darüber hinweggekommen, dass sie aus Liebe und nicht für Reichtum oder Status geheiratet hat. Beides hatte ich noch nie, aber ich habe meine Frau mehr als alles andere geliebt, und sie mich. Ihre Mutter hat sich geweigert, mit ihr zu sprechen, nachdem wir geheiratet hatten, aber Heather, sie ..." Seine Stimme brach, und er schluckte die Emotionen herunter, bevor er fortfuhr. „Sie hat ihre Familie nie aufgegeben. Sie dachte, sie könnte sie zurückgewinnen, wenn sie ihnen zeigte, dass sie ihr immer noch wichtig waren. Eines der letzten Dinge, die sie gemacht hat, war, der verbitterten alten Veronica ein Geburtstagsgeschenk zu schicken."

„Veronica?"

„Ja. Ihre Mutter. Die alte Krähe wohnt zwei Straßen weiter in Hightower Gardens und macht sich nicht die Mühe, vorbeizukommen. Kam nicht einmal aus ihrem Schlafzimmer runter, wenn wir zu Besuch gekommen sind. Heath hat das wenigstens gemacht, wenn wir ihn besucht haben, aber das haben wir fast nie. Er ist meistens geschäftlich in Avalon. Wahrscheinlich ist er deshalb der eingebildetste Arsch, dem ich je begegnet bin. Im Herzen kein schlechter Kerl, aber es ist fast unmöglich, ihn länger als fünf Minuten zu ertragen."

„Und Heath ist?"

„Heathers Bruder."

„Ah." Kreativität war eindeutig nicht die Stärke von Veronica Lovelace. „Sagen Sie mir, Lucent, besteht die Möglichkeit, dass Reatta Heathers Mahlzeiten mit Silber versetzt hat?"

Er musste nicht einmal darüber nachdenken. Er war sich genauso sicher wie Heather. „Nein. Keine Chance. Reatta war die netteste und dankbarste Person, die Sie jemals kennenlernen werden. Heathers Geld war sowieso die einzige Möglichkeit für Reatta, ihre Familie zu ernähren. Sie würde niemals ihre Arbeitsplatzsicherheit aufs Spiel setzen. Und wofür? Sie und Heather waren wie Schwestern."

Das schon wieder. Ich versuchte, nicht mit den Augen zu rollen. „Aber Reatta hat Heathers Mahlzeiten zubereitet. Sie hat ihr an jenem Morgen Frühstück gemacht und am Abend das Abendessen."

„Nein, nein, nein ... Welche Theorie Sie auch immer über Reatta aufstellen, hören Sie damit auf. Sie kann kein Silber in Heathers Frühstück gegeben haben, weil ich dasselbe Frühstück auch gegessen habe. Es war ein großes Steak, medium-rare gebraten und Rührei. Ich habe das Steak für uns halbiert, und wir haben die Eier aus derselben Pfanne genommen. Wenn Silber drin gewesen wäre, hätte ich es geschmeckt."

Oh. Warum hatte ich vorher nicht einmal daran gedacht, das zu fragen? „Man kann Silber schmecken?"

„Die Menge, die nötig ist, um jemanden zu töten, auf jeden Fall. Man kann viel Silber nehmen, bevor es tödlich ist."

„Was meinen Sie mit ‚viel Silber nehmen'?" Ich hatte meinen Verdacht, aber ich wollte ihn nicht beschuldigen ... was ... sich zum Freizeitvergnügen vergiftet zu haben?

So gesehen, schloss das das Trinken von Alkohol mit ein, also sollte ich mir kein Urteil erlauben.

Als er sich umsah, vermutlich um sicherzugehen, dass Thaddeus nichts vom Laden aus mitbekam, bestätigte sich mein Verdacht so gut wie. „Früher war ich nicht der ehrlichste Typ. Meine Familie stammt aus den Außenbezirken, und ich habe einen Großteil meiner Teenagerjahre damit verbracht, mich in die Deadwoods zu schleichen und mir Schwierigkeiten einzuhandeln. Ich habe mich geändert, wissen Sie, aber die Lovelaces haben sich geweigert, das zu sehen. Heather schon. Wie auch immer, Werwölfe können schon ein bisschen Silberstaub auf unsere Zunge streuen und davon high werden. Schmeckt allerdings furchtbar. Heather hätte den Geschmack selbst nicht erkannt, da sie ein behütetes Leben geführt hat, aber wenn Reatta oder irgendjemand was davon in mein Essen getan hätte, geschweige denn genug, um mich zu töten, hätte ich es sofort gewusst."

„Aus reiner Neugier: Wie schmeckt Silber?"

Er dachte darüber nach. „Als würde man an einem rostigen Nagel lutschen. Irgendwie bitter, mit einer säuerlichen Note. Ich meine, Sie könnten es einfach selbst versuchen. Würde einer Hexe nicht schaden. Das sind Sie doch, oder?"

Ich nickte.

„Und auf Grim hat es auch keine Wirkung", sagte Grim. *„Glaub mir, ich habe es auf jede erdenkliche Weise versucht. Nichts."*

„Ich denke, ich werde darauf verzichten, Drogen zu probieren. Aber Sie haben mir eine klare Beschreibung gegeben."

„Ich sage Ihnen", sagte Lucent, „wenn Sie drei Sekunden mit Veronica Lovelace im selben Raum verbringen, werden Sie den gleichen Verdacht entwickeln wie ich. Ich weiß nicht, wie sie es angestellt hat, aber ich weiß, dass sie was damit zu tun hatte. Sie hätte ihre Tochter lieber tot gesehen, als dass sie mit jemandem wie mir glücklich war. Das hat sie auch gesagt, als wir sie das letzte Mal gesehen haben."

„Das werde ich mir merken", sagte ich. Dann, solange wir uns immer noch verstanden, beschloss ich, mich zum

Abschluss bei ihm für das Gespräch zu bedanken und ihm zu versichern, dass ich ihn auf dem Laufenden halten würde.

Ich fühlte mich so detektivisch.

Als wir Whirligig's verließen, neigte ich dazu, Lucent von meiner Verdächtigenliste zu streichen. *„Ich glaube, er hat Heather wirklich geliebt"*, sagte ich zu Grim.

„Das Gefühl habe ich auch."

„Ich glaube nicht, dass er sie getötet hat."

„Natürlich nicht."

„Und wenn er sie tatsächlich getötet hätte, scheint Silbervergiftung zu subtil für ihn zu sein."

„Oh ja", antwortete Grim. *„Er scheint mir der Typ zu sein, der an jedem Tatort viel Blut hinterlässt."*

„Danke für die Inspiration."

„Deswegen nimmst du mich mit, oder?"

„Nicht wirklich. Ich bringe dich zum Schutz mit und um deine Einschätzung zu hören."

„Ich denke, dass ich mit meiner Einschätzung, wie dieser Psycho seine Frau ermorden würde, besonders einsichtsvoll war."

Ich seufzte. *„Gut, du hast gewonnen. Du bist so einsichtsvoll, Grim."*

Ich entdeckte Ansel zwanzig Meter vom Weg entfernt und dachte darüber nach, ihm zum Abschied zu winken, aber er hatte alle Hände voll zu tun und kämpfte gegen einen riesigen Kaktus, der vermutlich zur Selbstverteidigung mit seinen stacheligen Armen nach ihm schlug. Ansel sprang einem schwungvollen Schlag aus dem Weg, versuchte noch aus mehreren Winkeln, den Topf des Kaktus zu ergreifen, gab dann aber schließlich auf und flüchtete aus seiner Reichweite.

„Hier ist noch eine kleine Einsicht", sagte Grim. *„Dieser Silberkonsum, den Lucent erwähnt hat und den er angeblich aufgegeben hat, bevor er Heather geheiratet hat?"*

„Ja?"

„*Ein Haufen Einhornäpfel. Er hat ihn nicht aufgegeben. Oder wenn doch, hatte er einen schweren Rückfall. Ich konnte das Silber in seinem Schweiß riechen.*"

Ich blieb stehen und starrte auf meinen Vertrauten. „*Warte, wirklich?*"

„*Ja.*"

Ich ging weiter. „*Hmm ... das ist interessant. Darüber muss ich mehr nachdenken.*"

„*Angesichts der Tatsache, dass wir keinen Hauptverdächtigen haben, musst du über viele Dinge nachdenken.*"

„*Du bist so aufmunternd, Grim. Was würde ich nur ohne dich machen?*"

„*Wahrscheinlich herumstümpern wie ein —*"

„*Das war eine rhetorische Frage.*"

Er hatte jedoch recht. Ich brauchte Zeit, um über mein Gespräch mit Lucent nachzudenken und vielleicht mit jemand anderem als Heather darüber zu reden.

Ruby könnte die richtige Hexe für diesen Job sein, aber meine Gedanken wanderten immer wieder zu einer anderen Hexe. War es Einsicht, die mich in diese Richtung trieb? Oder war es nur eine gute, altmodische Schwärmerei? Es gab nur einen Weg, das herauszufinden.

Kapitel Fünf

Als Grim und ich ins Medium Rare zurückkehrten, war der Abendessenansturm schon im vollen Gange. Ich setzte mich auf einen Hocker an der Theke, und Grim ließ sich zu meinen Füßen nieder und quetschte seinen großen Körper mit beeindruckender Flexibilität in den kleinen Raum.

Bryant und Jane huschten umher und teilten die Sitznischen untereinander auf, und es dauerte volle fünf Minuten, bis Tanner mit weit aufgerissenen Augen hinten herauskam, mich entdeckte und auf mich zukam, um zu sehen, was ich wollte. Sofort hatte ich ein schlechtes Gewissen. Ich hätte einfach hinter die Theke springen und mich selbst bedienen sollen. Aber mein Hauptgrund, hierher zu kommen, war nicht das Essen (obwohl ein Sunrise-Burger ein zusätzlicher Bonus war). Es ging mir darum, mit Tanner zu sprechen.

Als ich jetzt jedoch sah, in welchem Zustand er sich befand, änderte sich mein Plan.

„Was kann ich für dich tun, Nora?", fragte er und setzte ein Lächeln auf. Aber ich durchschaute es. Er war nicht besonders gut darin, irgendwas vorzutäuschen.

„Äh, was viel wichtiger ist: Was kann ich für dich tun?"

„Hä?"

Ich zögerte, bevor ich es erklärte. Ich wollte nicht noch einmal in diese Rolle schlüpfen, würde es aber für ihn tun. „Ich kann helfen."

Er schüttelte vage den Kopf. „Wobei?"

„Hier." Ich deutete auf das Restaurant. „Das Diner zu führen."

Hoffnung keimte in seinen Augen auf, auch wenn er offensichtlich versuchte, sie zu unterdrücken. „Wirklich? Du kennst dich mit Restaurantmanagement aus?"

„Ja", gab ich widerwillig zu. „Bevor ich nach Eastwind gekommen bin, hatte ich mein eigenes Restaurant. Und davor war ich Manager und davor Kellnerin."

Verständnis dämmerte, und seine leicht hängenden Mundwinkel verzogen sich zu einem breiten Lächeln. „*Das* erklärt es! Ich dachte, du lernst schnell. Ein *superschneller* Lerner. Aber nein, jetzt ergibt alles einen Sinn." Er deutete mit dem Finger auf mich. „Okay. Ja."

„Also, was sagst du? Wir nehmen uns die Zeit, uns hinzusetzen, deine Verantwortlichkeiten durchzugehen und dir bei der Ausarbeitung eines Plans zu helfen, der funktioniert."

„Ja." Er ließ mich kaum ausreden, als das Wort wie eine Proklamation aus seinem Mund kam. „Das. Lass uns das machen." Er beugte sich über die Arbeitsplatte, nahm mein Gesicht in seine Hände und starrte mir in die Augen. „Du, Nora Ashcroft, bist ein Engel." Er ließ los. „Na ja, offensichtlich kein echter Engel. Hexen können nicht auch Engel sein. Du verstehst, was ich meine, oder?"

Ich lachte. „Ja."

Er zwinkerte und machte diese Fingerpistolengeste. „Großartig. Bedien dich an den Speisen und Getränken. Geht auf mich."

Als er davoneilte, rief ich ihm nach: „Ruf mich an, wenn du Zeit hast, dich mit mir zusammenzusetzen!"

Einen Moment, bevor er wieder in der Küche verschwand, zeigte er mir ein ‚Daumen hoch' über die Schulter. Sein Schritt war jetzt so federnd, dass ich es fast nicht bereuen konnte, mich wieder ins Management schleifen zu lassen.

Das war also geklärt. Ich wurde Tanner Culpeppers Business-Mentor. Nicht ganz die Beziehung, die ich mir erhofft hatte, aber es war eine, die sinnvoll war und ihm wahrscheinlich am meisten nützen würde.

Blieb nur die Frage: Gab es einen Mentor mit gewissen Vorzügen?

Wahrscheinlich nicht.

Ich gab eine Bestellung zum Mitnehmen auf und nippte an einem Kaffee, während ich darauf wartete, dass Anton sie in der Küche zubereitete.

Ich war auf dem besten Weg, Tanners Probleme zu lösen, aber es gab immer noch drängende Probleme, die ungelöst blieben.

Nämlich, wer Heather Lovelace ermordet hatte.

Trinity flatterte mit ihren Feenflügeln, während sie weiter mit Donovan plapperte, der mühelos seinen Zauberstab schwenkte und hinter der Bar von Franco's Pizza Getränke einschenkte und mixte. Selbst aus dieser Entfernung und ohne weitere Insiderkenntnisse war ich mir sicher, dass Trinity bis über beide Ohren in Donovan verknallt war. Wenn ich nie Kontakt mit dem sexy Barkeeper gehabt hätte, hätte ich vielleicht gesagt, dass ich Trinity keinen Vorwurf daraus machen könnte. Vielleicht hätte ich mich selbst in ihn verknallt.

Allerdings hatte ich kurze Interaktionen mit ihm gehabt,

und sie waren nie großartig gewesen. Sie hatten sich hauptsächlich um seinen Verdacht gedreht, ich könnte etwas damit zu tun haben, dass Tanner wegen Mordverdachts verhaftet wurde, nachdem Bruce Saxon tot aufgefunden worden war. Donovan hatte einfach nicht zuhören wollen, als ich ihm gesagt hatte, dass ich tatsächlich mein Bestes tat, um Tanner zu entlasten. Das sollte zumindest inzwischen klar sein, aber der Barkeeper konnte mich immer noch nicht sonderlich leiden. Und er zeigte es deutlich.

Er hörte Trinity nicht zu. Stattdessen richtete er seine Aufmerksamkeit auf mich und fragte sich zweifellos, was ich vorhatte, während ich allein mit meinem Vertrauten zu meinen Füßen in einer Nische saß und kein Essen bestellte.

In den ersten paar Monaten in Eastwind hatte ich anhand der Blicke und des weiten Bogens, den die Leute um Grim und mich machten, langsam erkannt, dass viele Eastwinder tatsächlich nicht damit einverstanden waren, dass ein Grim durch die Stadt spazieren ging. Schließlich war ich direkt zur Quelle gegangen und hatte Grim eines Tages gefragt, als wir durch das Emporium gegangen waren.

„Hast du in Eastwind einen guten Ruf?", fragte ich.

„Ich habe dir davon erzählt. Ich habe ein paar Dinge getan. Schreckliche, furchtbare, alptraumhafte –"

„Nein, hör auf mit dieser Bad-Boy-Nummer. Die nehme ich dir nicht ab."

„Wie du willst", schnaubte er laut. *„Ich bin ein Grim. Wenn Menschen einen Grim sehen, bedeutet das normalerweise, dass sie sterben werden, wenn sie auf dem eingeschlagenen Weg bleiben. Tatsächlich war es früher meine Aufgabe, zur richtigen Zeit am richtigen Ort für diejenigen zu sein, denen das bevorstand. Aber dann bist du aufgetaucht, und ich wurde in den Vorruhestand gezwungen."*

„Woher wusstest du, wer bald sterben würde?"

„*Instinkt. Es ist das, was einen Grim ausmacht. Meistens habe ich in den Deadwoods gearbeitet, was ein bequemer Job war, da die meisten Leute, die in die Deadwoods gehen, nie wieder rauskommen. Ich musste einfach, um meinen Geschäften nachzugehen, ein bisschen auf meine Ahnungen hören, und dann stand ich vor dem dummen Goblin, der dachte, ein Campingausflug in die Deadwoods sei eine gute Idee für einen schönen Urlaub. Wenn er sein Verhalten nicht drastisch ändern würde, zum Beispiel ganz schnell aus den Deadwoods verschwand, würde ihm bald das Licht ausgehen.*"

„*Meine Güte. Das ist makaber. Dieser Job kann dir nicht gefallen haben.*"

„*Er hat mir nicht gefallen. Ich habe ihn geliebt.*"

Ich überlegte, dass die Tatsache, dass Grim mein Vertrauter war, einer der Gründe dafür sein könnte, warum Donovan mich zu hassen schien, aber ich wusste, dass das wahrscheinlich Wunschdenken war, da er mich schon gehasst hatte, bevor er Grim jemals gesehen hatte.

Also musste er mich einfach gehasst haben. Etwas an mir. Alles an seinem Verhalten deutete darauf hin. Oder vielleicht kam der alte Donovan „Sexy Eyes" Stringfellow einfach nicht über die Tanner-Sache weg. Wenn ich eine von Donovans angeborenen magischen Kräften erraten müsste, würde ich mich für Grollhegen entscheiden.

„*Ich verstehe nicht, warum wir auf sie warten müssen, wenn sie zu spät kommt*", sagte Grim.

„*Weil das höflich ist.*"

„*Ja, das mir egal, wenn seit einer Viertelstunde Fleischbällchen an meiner hochsensiblen Nase vorbeimarschieren. Wenn sie die Küche schließen, bevor ich was zu essen bekomme ...*"

„*Entspann dich. Du wirst es überleben.*"

„*Ich mache mir keine Sorgen um mein Überleben*", brummte er. „*Ich bin nicht diejenige, die gleich von mir gefressen wird. Glaubst du, ich werde diese Fee nicht aus der Luft schnappen und sie als Vorspeise verschlingen? Sie riecht nach Schokolade, Nora! Schokolade!"*

„Fänge und Klauen, Grim." Ich stieß ihn mit der Spitze meines Stiefels an. *„Genug mit der Menschenfresser-Nummer."*

„Feenfresser, um genau zu sein", sagte er und grunzte, als ein weiterer Stoß meines Stiefels sein Gesäß traf.

Schließlich kam Jane, eilte am Stand der Tischanweiserin vorbei, und ich atmete erleichtert auf. Von einer Freundin versetzt zu werden war schlimmer als von einem Date. Und ehrlich gesagt war ich neu in dieser Freundinnensache.

„Tut mir leid", sagte sie und rutschte in die Bank mir gegenüber. „Meine Schicht hätte schon vor einer Stunde enden sollen, aber Bryant hat sich so verzettelt, dass ich ihm mit seiner Nebenarbeit geholfen habe."

„Schon gut", sagte ich. Dann zu Grim: *„Sie ist zu spät, weil sie einem Freund geholfen hat. Du fühlst dich jetzt nicht schlecht?"*

„Wahnsinnig schlecht. Das Einzige, was mich trösten kann, ist heiße Lasagne. Oh! Oder Fleischbällchen."

„Ich hätte dir nie Menschenessen geben sollen. Du bist süchtig."

„Und damit kann ich gut leben."

„Wie auch immer", sagte Jane, „ich bin froh, hier zu sein, auch wenn sie bald schließen."

„Jane!" Trinity flatterte herüber. „Schön, dich zu sehen, was kann ich dir zu trinken bringen?"

„Nur ein Wasser für mich", sagte sie, „aber ich denke, wir sollten besser bestellen, wenn wir vermeiden wollen, dass Grim versehentlich jemanden auffrisst."

Ich drehte meinen Kopf herum, um sie anzusehen. Wie hatte sie das erraten?

Jane begegnete meinem Blick. „Ich kann die Körpersprache von Hunden gut lesen."

Werwolf. Richtig. Auf eine verzerrte Art ergab alles in Eastwind einen Sinn.

Nachdem wir bestellt hatten, seufzte Jane, beugte sich vor und stützte das Kinn auf ihre Hände. „Ich bin so froh, dass wir endlich Zeit für eine Mädelsunterhaltung gefunden haben."

„Ja, ich –"

„Weil ich unbedingt hören wollte, was zwischen dir und Tanner läuft."

Ich setzte mich aufrecht hin. „Was? Nichts. Nichts läuft. Ich meine, ich werde ihm ein bisschen auf der geschäftlichen Seite des Medium Rare helfen, aber das ist alles."

Jane verdrehte die Augen. „Das ist ein dampfender Haufen Einhornäpfel, und das weißt du. Ich sehe, wie ihr euch anseht. Na ja, vor allem, wie er dich ansieht."

„Genau so sieht Tanner Leute an", protestierte ich schwach.

„Ted sieht er nicht so an. Nicht einmal mich."

Im Restaurant fühlte es sich plötzlich drückend warm an.

„Nora", sagte sie bestimmt, „ich glaube, ich kann erkennen, wann zwei Leute bis über beide Ohren ineinander verknallt sind."

„Ich bin nicht in Tanner verknallt."

Ich war total in Tanner verknallt.

„Was immer du sagst. Ich kann dir jedoch sagen, dass der Weg frei ist, wenn du interessiert sind. Er ist Single und interessiert."

Ich schüttelte den Kopf und starrte auf den Tisch. „Selbst wenn dem so wäre, würde das die Arbeit nur komplizierter machen. Er ist mein Manager. Was, wenn wir uns entschließen, was anzufangen, und dann fliegt es uns um die Ohren? Ich müsste kündigen, weil es lächerlich wäre, Tanner darum zu bitten, da ihm das Diner gehört. Und ich arbeite gern im Medium Rare."

Sie hörte aufmerksam zu, nickte mit, und als ich fertig war, lehnte sie sich zurück, ihre Augen immer noch auf meine gerichtet. „Bruce und ich haben jahrelang im Medium Rare zusammengearbeitet, er als Eigentümer, ich als Manager."

„Und wie ist das für euch gelaufen?", brummte Grim. Ich verpasste ihm einen weiteren Tritt gegen das Hinterteil.

Allerdings hatte er recht. Bei den beiden hatte es nicht gut geklappt. Sie hatten sich scheiden lassen, als Jane Bruce des Betrugs verdächtigt hatte; sie war gezwungen worden zu gehen; Bruce war ermordet worden (was natürlich nichts mit der Trennung zu tun hatte); und jetzt arbeitete Jane wieder im Medium Rare.

Ich musste also zugeben, dass Janes Geschichte, wenn man den Mord an Bruce außen vor ließ, tatsächlich ein Happy End hatte.

Sie interpretierte mein Schweigen richtig und fügte hinzu: „Ja, am Ende haben wir uns scheiden lassen, und es wurde unangenehm. Uns ist alles um die Ohren geflogen, und ich bin hier gelandet." Sie machte eine ausladende Geste. „Aber mir hat es hier gefallen. Und was noch wichtiger ist: Du solltest dein Leben nicht auf Grundlage von Worst-Case-Szenarien planen. Zumindest glaube ich das nicht. Was auch immer deiner Meinung nach der schlimmste Fall sein mag – bei mir war es eine Scheidung –, es kann immer noch schlimmer kommen. Ich hätte nie gedacht, dass Bruce in dem Diner, das wir gemeinsam aufgebaut haben, ermordet werden könnte." Sie schüttelte den Kopf und schluckte schwer, und dann war es so, als wäre der kurze Anflug von Gefühlen nie passiert. Ich schätzte das an Jane, dass sie so geschickt mit ihren Gefühlen umgehen konnte, aber ich fühlte mich auch schlecht, weil sie dachte, das in meiner Nähe tun zu müssen.

„Noch wichtiger ist, dass es nicht wirklich hilft, sich davor zu schützen, wenn man sein Leben auf Worst-Case-Szenarien aufbaut, und dass man nicht in der Lage ist, Dinge zu genießen, solange sie andauern. Angenommen, du und Tanner kommt zusammen und habt drei tolle Jahre, dann passiert irgendwas, und ihr trennt euch. Sicher, du musst Medium Rare vielleicht verlassen, aber das sind drei Jahre, die du mit einem Mann verbracht hast, den du geliebt hast."

„Ich liebe Tanner nicht."

Sie lächelte verschmitzt. „Vielleicht noch nicht."

Ich lachte. „Hör auf."

„Aber du verstehst, was ich meine?"

„Ja, ja. Ich versteh' schon."

„Gut", sagte sie. „Zusammenfassend kann ich sagen, dass Tanner zehn Jahre zu jung für mich ist. Sonst hätte ich diese süße Beute schon vor langer Zeit gejagt. Das bedeutet, dass du als meine Freundin verpflichtet bist, dich ranzuhalten, wenn du interessiert bist – und ich weiß, dass du es bist –, damit ich stellvertretend durch dich leben kann."

Ich lachte. „Warte, wie alt bist du?" Ich hatte angenommen, dass sie vielleicht ein paar Jahre älter war als ich, Mitte bis Ende dreißig, aber vielleicht auch nicht.

„Eine Bitch spricht nicht übers Alter."

Ich schauderte, ohne es zu wollen.

„Was ist?", fragte sie.

„Ich hasse dieses Wort einfach."

„Welches Wort?"

„Das B-Wort."

„Bitch?" Sie sah mich ungläubig an. „So nennt man einen weiblichen Werwolf."

„Ich weiß. Und wo ich herkomme, ist es das Wort für eine Hündin, aber es ist auch extrem unhöflich, eine Frau so zu nennen."

Sie sah mich mit zusammengekniffenen Augen an, kaute auf ihrer Unterlippe und hielt einen Moment inne, bevor sie sagte: „Patriarchalisch?"

„Was?"

„War deine Welt patriarchalisch?"

„Ja, größtenteils."

„Na bitte!", sagte sie. „Wenn Frauen nicht verehrt werden, ist es eine Beleidigung, jemanden eine Frau zu nennen. Es liegt alles daran, dass Männer die Kontrolle haben. Ich habe darüber gelesen, wie es in manchen anderen Welten funktioniert. Nicht gerade toll. In Eastwind dagegen bedeutet eine Bitch zu sein im Grunde, dass man den Laden leiten darf ... selbst wenn der Hexenzirkel längst die Macht übernommen hat." Sie zuckte mit der Schulter. „Trotzdem bin ich eine stolze Bitch."

„Gibt es hier Worte für Männer, die beleidigend sind? Wie das Gegenteil meiner Welt?"

Trinity brachte unsere Getränke, darunter zwei Cocktails, die wir nicht bestellt hatten. Ich sah zu Donovan hinter der Bar hinüber. Er nickte freundlich in Richtung unseres Tischs, und ich wusste, dass das ausschließlich Jane galt. Wie auch immer. Wenn ich einen köstlichen Cocktail aufs Haus bekam, wen interessierte es dann, was Donovan über mich dachte?

Jane nippte an ihrem Drink und genoss den ersten Schluck, und ich tat dasselbe. Der Spiced Yeti, den er im Winter gezaubert hatte, war unglaublich gewesen, aber für Juni war er nicht geeignet. Dieses Getränk sah viel klarer aus – keine Sahne –, und als ich es ins Licht hielt, entdeckte ich Basilikum und Brombeeren.

Ich trank einen Schluck.

Ugh. Ich hasste es, wie gut Donovan im Cocktailmixen war. Das machte es so schwer, ihn zu hassen.

Jane stellte ihr Getränk ab und kehrte zu unserem Gespräch zurück. „Um deine Frage zu beantworten: Nein, wir haben keine abfälligen Bezeichnungen für irgendwen, die auf der Vorstellung basieren, dass Männer von niedrigerem Stand sind als Frauen. Das ist das Schöne am Matriarchat, denke ich." Sie grinste verschmitzt. „Wir sind wohlwollende Herrscher. Es ist sinnvoll, dass wir die Verantwortung haben. Ehrlich gesagt kann ich mir nicht vorstellen, wie das in einer von Männern geführten Welt funktionieren würde."

Ich zuckte mit den Schultern. „Das tut es irgendwie auch nicht."

„Was tut es nicht?"

„Es funktioniert nicht."

Wir lachten. „Dann bin ich froh, dass du hier bist."

„Ich auch, Bitch."

Wir stießen an, und ich war froh, dass wir das Gerede über Tanner, das mir das Gefühl gab, Fieber zu haben, endlich hinter uns gelassen hatten. „Und was ist mit dir und Ansel? Wie läuft das?"

Ihre Mundwinkel zuckten; sie unterdrückte die äußeren Anzeichen ihrer inneren Besessenheit. (Das bemerkte ich, weil ich gerade das gleiche Gesicht gemacht hatte, als ich über Tanner gesprochen hatte, da war ich mir ziemlich sicher.) „Gut."

„Das sagt zumindest die Kette." Ich nickte in Richtung des schwarzen Kristalls, der an einer Kette um ihren Hals hing. Es war das Werwolf-Äquivalent eines Verlobungsrings. Tandy Erixon, die Xana, die Bruce getötet und versucht hatte, mich zu töten, hatte mir erzählt, dass Ansel Jane einen Ring gekauft hatte und darauf wartete, dass sie sich von ihrem Ex-Mann trennte, bevor er ihr einen Heiratsantrag machte. Das zeigt, wie Klatsch die Wahrheit verdrehen kann, denn offenbar handelte es sich bei der Tradition der Wandler und Werwölfe um eine Halskette, da diese beim Wandeln blieb, wohingegen ein Ring entweder abfiel oder die Blutversorgung abschnürte, je nachdem.

„Die Kette erzählt nicht einmal die Hälfte." Sie zwinkerte mir zu. „Wenn es mit Tanner nicht klappt, kann ich dir dann einen Werbären vorschlagen? Sie lassen ihren unersättlichen Appetit nicht im Wald zurück, soviel ist sicher."

„Sag ihr, sie soll aufhören", klagte Grim. *„So will ich nicht über Ansel denken."*

Also sagte ich natürlich: „Oh, Jane … erzähl weiter."

Während Grim seine riesigen Pfoten über seine kleinen Schlappohren legte, um die unerwünschten Details zu ersticken, nippte ich an meinem Getränk und ergötzte mich an dem ersten echten Mädelsgespräch, das ich seit einer gefühlten Ewigkeit hatte.

Kapitel Sechs

Veronica Lovelace antwortete am nächsten Morgen auf meine Eule und sagte, dass sie sich erst später am Abend mit mir treffen könne. Ich konnte mir nicht vorstellen, um welche dringenden Angelegenheiten sich jemand wie sie kümmern musste, und vermutete, dass die Zeitspanne weniger auf einen vollen Terminkalender als vielmehr auf die Vorbereitung auf ein Treffen mit einer Fremden zurückzuführen war, die über Heather reden wollte, was der volle Umfang der Informationen war, die in meiner Nachricht enthalten waren.

Ich vermutete jedoch, dass sie bei meiner Ankunft am Abend schon ein bisschen über mich wissen würde, mit wem ich gesprochen hatte und was die wahre Motivation meines Besuchs war. Ohne Verbindungen, die Informationen über jeden ausgraben könnten, der eine Bedrohung für dieses Geld und diese Macht darstellte, konnte man nicht so viel Geld und Macht aufrechterhalten.

Das Gespräch würde einem Schachspiel gleichen, selbst wenn sie nicht die Mörderin wäre. Jemand wie sie – und ich war in meinem früheren Leben vielen begegnet –, deren Ruf so sorgfältig aufgebaut war, würde trotzdem gewisse Dinge zu verbergen haben. Ich wette, die meisten Leute in der Hightower Gardens-Gemeinde wussten zum Beispiel nicht, dass sie Heather seit ihrer Heirat mit Lucent schlecht behandelt hatte.

Es war ein arbeitsreicher Samstag gewesen, und um ehrlich zu sein, hatte ich einen kleinen Kater von den Drinks mit Jane am Abend zuvor bei Franco's Pizza. Seitdem ich im Medium Rare arbeitete, hatten Tanner und Anton mir ein paar kreative Freiheiten bei der Speisekarte eingeräumt, und während die Menüpreise dadurch leicht angestiegen waren, zogen sie mehr neugierige Kunden an, als sich das herumsprach (was, wie alle Gerüchte in Eastwind, nicht lange dauerte), und das bedeutete oft, dass wir an den Wochenenden überlastet waren, wenn diejenigen, die in der Stadt oder nördlich davon lebten, mehr Zeit hatten, sich zum Essen in die Außenbezirke zu wagen. Die Trüffel-Pommes waren extrem beliebt, aber ich hatte mich bewusst dagegen entschieden, meine Migas mit Queso auf die Karte zu setzen, bis wir mehr Kellner einstellen konnten. Und in Eastwind gab es keinen Queso. Nirgendwo.

Wo ich herkam, gab es zwar keine Magie, aber weißer Queso mit Guacamole, schwarzen Bohnen, Pico de Gallo und Chorizo war im Grunde magisch. Diese Stadt war nicht bereit für die Revolution. Bald, aber noch nicht ganz.

Also war die Aktualisierung der Speisekarte sowohl ein Segen als auch ein Fluch, und als ich die lange Strecke vom Medium Rare nach Hightower Gardens lief und Grim frisch nach einem zwölfstündigen Nickerchen hinter der Theke hervor trottete, fühlte es sich eher wie ein Fluch an.

„Genau genommen habe ich zwei Vollzeitjobs", sagte ich, weniger weil ich Mitgefühl erwartet hatte, sondern vielmehr, weil er der Einzige war, der zuhörte. Sicher, es gab viele Leute, die ihr Wochenende in der Innenstadt von Eastwind verbrachten, aber sie ignorierten mich weitgehend und konzentrierten

ihre Aufmerksamkeit auf Einkaufen, Trinken oder Essen oder irgendetwas, das aufregender war als ein erschöpftes Medium, das eine nie endende Steigung in Richtung des reichen Teils der Stadt hinauf schlurfte mit einem flauschigen Todesomen im Schlepptau.

Es war so typisch, dass die Reichen ihre Siedlung oben auf einen Hügel bauten, von wo aus sie buchstäblich und im übertragenen Sinne auf den Rest von Eastwind herabblicken konnten. Was mir daran am wenigsten gefiel, war, dass ich den gleichen Impuls gehabt hatte, als ich noch vermögend gewesen war. Ich wusste es damals noch nicht, aber als der Mietvertrag für meine alte Wohnung abgelaufen war und ich das große Geld verdient hatte, hatte ich die erste Penthouse-Wohnung gekauft, die ich in der Innenstadt von Austin finden konnte, und die Abende damit verbracht, mein kulinarisches Reich von meinem Wohnzimmerfenster aus zu betrachten, ein Glas obszön teuren Pinot Noir in der Hand.

Allein. Immer.

Wenn ich an diese Zeiten zurückdenke, störten mich meine schmerzenden Füße ein bisschen weniger. Harte Arbeit mit Menschen, die mich respektierten und die ich als ebenbürtig ansah, war besser als jede 600-Dollar-Flasche Wein (ich habe ja gesagt, er war obszön teuer), die ich allein trank.

Große steinerne Wölfe bewachten mit aufgestellten Nackenhaaren die lange Auffahrt, die zum Lovelace Manor hinaufführte. Ich blieb stehen, bevor ich zwischen ihnen hindurchging, als ich an die Szene aus „Die unendliche Geschichte" mit den zwei Sphingen denken musste.

Nein. Darüber werde ich nicht nachdenken. Die Wahrscheinlichkeit, dass diese Wölfe aufwachten und mich knusprig zappten oder mir auf andere Weise Schaden zufügten, während ich zwischen ihnen hindurchging, war selbst in

Eastwind gering. Aber loben Sie unnötige Kindheitstraumata dafür, dass sie auch im Tod bei mir geblieben sind.

Was mich noch mehr beunruhigte als die Statuen, war, dass Lovelace Manor kein Eingangstor hatte. Es gab einen schmiedeeisernen Zaun, der die Grenzen des Anwesens markierte, aber die Tatsache, dass es kein Tor zum Schutz gab, deutete darauf hin, dass *innerhalb* des Zauns etwas Tödliches leben könnte, das kein Tor zum Schutz brauchte.

Alle Werwölfe, denen ich bisher begegnet war, hatten entweder die raubtierhafteren Neigungen ihrer Art abgelehnt, wie Jane und angeblich Lucent, oder waren tot, wie Heather und Bruce. Es gab viele, die ins Medium Rare kamen, aber den Kellner zu essen war nicht der beste Ansatz, um guten Service zu bekommen, also machte ich mir keine großen Sorgen, bei der Arbeit zerfleischt zu werden.

Die Lovelaces waren jedoch anders. Nach allem, was mir ausdrücklich gesagt worden war, und dem, was ich zwischen den Zeilen gelesen hatte, waren sie das alte Eastwind, eine Familie, die früher hier das Sagen gehabt hatte und sich von der politischen Macht zurückgezogen hatte, ohne die gesellschaftliche Macht einzubüßen, auf die es ankam. Die Art und Weise, wie die Leute über sie sprachen, erweckte den Eindruck bei mir, als wären sie eine vom eigentlichen Eastwind separate Einheit, eine eigene Macht und Gerichtsbarkeit, die den Gesetzen und Gesetzgebern von Eastwind nur dann Lippenbekenntnisse ablegte, wenn es absolut notwendig war, um weiter unbehelligt zu bleiben.

Ich ging zwischen zwei kunstvoll geschnitzten Säulen hindurch und atmete auf dem Treppenabsatz tief ein, bevor ich anklopfte.

Ein älterer Mann öffnete die Tür, gekleidet in einen roten Hausrock. „Kann ich Ihnen helfen?"

Ich hatte erwartet, dass irgendein Diener die Tür öffnen

würde, nicht … Veronicas Lover? Es sah so aus, als ob der Mann mit einem schnellen Zug an seinem Gürtel bereit wäre, in Aktion zu treten, falls sich die Gelegenheit dazu bot. Ich hatte angenommen, dass Veronica Witwe war, da niemand einen Mr. Lovelace erwähnt hatte, aber vielleicht hatte ich mich geirrt. Vielleicht war das Mr. Lovelace.

„Nora Ashcroft mein Name", sagte ich und war mir nicht sicher, ob ich ihm die Hand reichen sollte oder nicht. „Und das ist mein Vertrauter, Grim. Wir haben einen Termin mit Miss Veronica."

„Ah, ja", sagte er. „Sie hat mich informiert, aber ich hatte es vergessen."

„Und Sie sind?"

„Bartholomew. Veronicas persönlicher Assistent."

Da gehe ich jede Wette.

„Freut mich, Sie kennenzulernen, Bartholomew."

„Kommen Sie ins Wohnzimmer, und ich werde Veronica wissen lassen, dass Sie hier sind."

Das Haus war ein Kühlschrank, und wenn Bartholomew es nicht schon als Wohnzimmer bezeichnet hätte, hätte ich es für eine „Kunstgalerie" gehalten. Der Raum war ein Rundbau, in dem gerahmte Kunstwerke fast jeden Zentimeter der blattvergoldeten Wände einnahmen. Als ich aufblickte, sah ich, dass die Decke handbemalt war und grob an die Sixtinische Kapelle erinnerte, nur, dass es in der dargestellten Szene weniger um Schöpfung als vielmehr um Zerstörung ging. Wölfe stürzten mit entblößten Reißzähnen auf eine Armee zu, die menschlich aussah, doch den Zauberstäben nach zu urteilen, waren sie Hexen. Obwohl sich das Gemälde nicht bewegte, fühlte es sich so an. Das Bild hatte die Hektik einer Schlacht eingefangen und erinnerte mich dabei daran, dass die Hexen in Eastwind den Werwölfen gegenüber einmal ein Unrecht begangen hatten, und Leute wie das Lovelace-Rudel hatten das weder vergessen noch vergeben.

„Es war wahrscheinlich keine gute Idee, hierherzukommen", sagte ich zu Grim, der mit dem Rücken zu mir saß und den Blick auf die Tür gerichtet hatte.

„Ausnahmsweise stimme ich dir zu."

Als ich meinen Blick wieder von der Decke lösen konnte, bemerkte ich die gerahmten Fotos auf fast jeder Ablagefläche. Sie waren alle von dem hohen Sessel aus, zu dem Bartholomew mich geschickt hatte und auf dem ich jetzt saß, gut sichtbar. Sollte mir auffallen, wie inszeniert das alles war, oder war die Offensichtlichkeit ein Zufall?

Auf den ersten Fotos erkannte ich keines der Gesichter, doch dann fiel mein Blick auf ein bekanntes: Heather. Wie bei den meisten Fotos war auch dieses posiert und nicht eines, in dem ein spontaner Moment festgehalten worden war. Sie sah jünger aus, vielleicht in ihren späten Teenagerjahren. Sie war wunderschön, majestätisch. Der Rahmen um das Foto von Heather war der protzigste von allen – dick, verziert, goldglitzernd. Ich sollte es sehen und im Gedächtnis behalten, das war klar.

Die kleine Uhr auf einem Beistelltisch zeigte an, dass es zwanzig Minuten nach unserem vereinbarten Termin war, als Veronica Lovelace beschloss, mich mit ihrer Anwesenheit zu beehren. Sie trug ein langes, königsblaues Kleid, das ihre attraktive Figur betonte, und über ihren Schultern hing ein Pelzschal, der für das Wetter draußen vollkommen ungeeignet war, aber durch die unangemessen kühle Luft drinnen gerechtfertigt wurde.

„Ich hoffe, Sie entschuldigen die Wartezeit. Als ich Bartholomew in diesem kleinen Morgenrock gesehen habe, konnte ich nicht widerstehen." Sie strahlte mich an, als würde ich es verstehen.

„O guter Fuchs im Wald!", würgte Grim. *„Mir wird schlecht."*

„Zumindest war mein Verdacht, was Bartholomew angeht, richtig."

„Kleiner Trost für die Vorstellung, die sich in mein Gehirn eingebrannt hat."

„Schon gut", sagte ich. „Wir werden uns einfach kurz fassen müssen."

Ehrlich gesagt musste ich danach nirgendwo hin, aber ich wollte nicht, dass sie mit ihrer Verspätung die Interaktion diktierte. In den Tagen des Chez Coeur hatte ich genug Geschäftstreffen mit potenziellen Investoren, Banken und Konkurrenten hinter mich gebracht, die meinen Lebensunterhalt in Flammen aufgehen sehen wollten, dass ich wusste, wie man dieses Spiel spielte. Sie versuchte, die Kontrolle an sich zu reißen, indem sie zu spät kam. Sie wollte mich aus dem Gleichgewicht bringen, und der anzügliche Kommentar über den guten alten Barty war genau zu diesem Zweck gedacht gewesen. Ich wusste nicht, ob sie tatsächlich getan hatte, was sie nicht gerade subtil angedeutet hatte. Das war nicht der Punkt.

Ich musste ihr klarmachen, dass ich nicht meinen gesamten Plan anpassen würde, um ihr entgegenzukommen.

„Ah ja. Beschäftigt, beschäftigt", sagte sie, setzte sich mir gegenüber in einen Sessel und rückte das Fell auf ihrer Schulter zurecht. „Ich habe gehört, dass die Arbeiterklasse dieser Tage ziemlich strampeln muss."

Mann, oh Mann, ich mochte Veronica Lovelace nicht. Offensichtlich war sie genauso schlimm, wie Lucent sie dargestellt hatte.

„Ja. Aber es ist mir viel lieber so, als nur herumzusitzen", sagte ich. „Nun, ich komme gleich auf den Punkt. Es gibt einige Leute, die nicht glauben, dass Ihre Tochter Heather ..."

„Oh!" jammerte Veronica. „O mein Gott! Meine arme, süße Heather!" Sie nahm das gerahmte Foto, das mir zuvor aufgefallen war und das praktischerweise auf dem Tisch neben ihr stand, und drückte es an ihre Brust. „Die Qual, ein Kind zu verlieren! Ich hoffe, dass du das nie durchmachen musst, Eleanore!"

„Nora", korrigierte ich und rechnete damit, dass sie es ignorieren würde. „Mrs. Lovelace –"

„Oh, bitte nennen Sie mich Veronica."

Ich räusperte mich und versuchte, mir ihre ständigen Unterbrechungen nicht unter die Haut gehen zu lassen. „Natürlich. Veronica, ich habe Grund zu der Annahme, dass Heathers Tod kein Selbstmord war."

„Natürlich nicht!", sagte sie schnell. „Das wusste ich sofort, als ich es gehört habe. Oh … mein armes Baby. Sie war so ein braves Mädchen und ist einfach unter die falschen Leute geraten. Es ist wahrscheinlich meine Schuld. Irgendwo auf dem Weg muss ich einen Fehler gemacht haben."

Ich wusste, dass sie Widerspruch erwartete, aber das konnte sie unmöglich erwarten, oder? Wir waren keine Freunde, und sie wusste nicht, dass ich mich nicht manipulieren ließ. Vielleicht würde ihr willkürliches in-den-Raum-werfen von Gefühlen bei einem Mann funktionieren, aber ich konnte unaufrichtigen Bullshit erkennen, wenn ich ihn sah. „Wen meinen Sie, wenn Sie sagen, dass sie unter die falschen Leute geraten ist?"

Sie setzte sich aufrechter und stellte das Foto wieder auf den Beistelltisch, sodass Heathers strahlendes Gesicht mich zusammen mit Veronicas durchdringendem Blick anstarrte. „Lucent, offensichtlich. Alle Scandricks und ihre räudigen Verwandten. Sie ziehen umher und jammern darüber, dass die Hexen ihr Land und ihre Häuser gestohlen und sie in die Außenbezirke vertrieben haben. Ha! Sie waren nutzlose Niemande und Süchtige, lange bevor der Zirkel die Macht übernommen hat. Dieses Anspruchsdenken! Es ist einfach zu viel!" Sie fächelte sich mit der Hand Luft zu, bevor sie eine kleine Glocke läutete.

Bartholomew erschien gerötet und zufrieden in der Tür. Vielleicht war Veronicas Entschuldigung für ihre Verspätung nicht ganz erfunden.

„Ja, Mrs. Lovelace?"

„Bring mir bitte ein Glas kaltes Wasser, Barty. Ich fürchte, ich habe mich wieder zu sehr aufgeregt. Unsere Gäste sehen auch aus, als könnte ihnen etwas Flüssigkeitszufuhr nicht schaden."

Er nickte und verschwand, und als Veronica uns ansah, war sie wieder so gefasst, als hätte sie die Scandricks nie erwähnt.

„Haben sie ihn schon verhaftet?", fragte sie ruhig.

„Wen?"

„Lucent.

„Oh! Nein. Der Sheriff und der Deputy glauben immer noch, dass es Selbstmord war."

Sie verdrehte theatralisch die Augen. „Typisch. Ich werde nie verstehen, warum der Zirkel immer noch sein Gehalt zahlt. Am Ende sind es immer die Medien, die ihre Arbeit erledigen müssen." Sie gestikulierte in meine Richtung, und ein weiterer Verdacht bestätigte sich: Veronica hatte ihre Hausaufgaben gemacht.

„Und Sie sind sicher, dass es Lucent war?", fragte ich.

„Absolut. Ich nehme an, Sie haben mit ihm gesprochen. Das hat Sie wahrscheinlich hierhergeführt. Er versucht sozusagen, Sie von seiner Fährte abzubringen."

„Um ehrlich zu sein, wünschte ich, ich könnte seinen Geruch aus meiner Nase bekommen", sagte Grim.

„Ja, ich habe mit ihm gesprochen", antwortete ich und ignorierte meinen Vertrauten.

„Sie haben die beiden nie zusammen gesehen, oder?", fragte sie.

Ich schüttelte den Kopf.

„Dann werde ich Ihnen alles erzählen – danke, Barty. Das ist alles."

Bartholomew goss Veronica und mir ein Glas aus seinem Krug ein, bevor er eine volle Schüssel vor Grim auf den Boden stellte. Dann ging er wieder.

„Heather hat Lucent angesehen, als wäre er das Einzige, was zählte, aber ich habe Dinge bemerkt, die ihr entgangen sind, weil sie von ihren naiven Gefühlen so geblendet war. Es gab fast unmerkliche Momente, in denen Heather Geld oder teure Dinge erwähnt hat, die sie für sie kaufen wollte, und Lucents Augen haben geleuchtet. Ich habe diesen Ausdruck zahllose Male gesehen. Ich weiß, wie Gier aussieht. Diese Laus war nur hinter unserem Geld her." Sie nippte an ihrem Wasser, bevor sie das Glas wieder auf ein zartes Häkeldeckchen auf dem Tisch stellte. „Sie hat natürlich darauf bestanden, dass er weitergearbeitet hat, aber vor Kurzem hat er angefangen, seinen Plan umzusetzen. Als sie gestorben ist, hat er nur noch Teilzeit gearbeitet. Ich vermute, dass er versucht hat, ganz aufzuhören, aber sie hat es nicht erlaubt. Also hat er beschlossen, alle Vorsicht in den Wind zu schlagen und alles auf eine Karte zu setzen. Er wollte reich werden. Ich bin absolut sicher, dass sie ihm ihren gesamten materiellen Besitz hinterlassen hat."

„Ich hoffe, Sie nehmen mir die Frage nicht übel, aber an wen gehen Ihre Sachen, wenn Sie sterben? Bartholomew?"

Sie prustete vor Lachen, warf ihren Kopf in den Nacken und fächelte sich Luft zu, als der Gefühlsausbruch nachließ. „Oh nein, nein, nein! Bartholomew ist am Ende nur mein Diener. Mein Erbe bekommt meinen weltlichen Besitz."

„Und dieser Erbe ist?"

Sie räusperte sich mit einer geballten Faust, und ihre

düstere Gelassenheit kehrte zurück. „Bis vor Kurzem war es Heather, da sie meine älteste Tochter ist."

Ich vermutete, dass Heathers Reichtum im Vergleich zu dem ihrer Mutter ein Tropfen auf dem heißen Stein war. Wenn jemand hinter Geld her war, wäre Veronica das bessere Ziel. „Und an wen geht es jetzt?"

„Meinen Sohn, Heath. Heathers Zwillingsbruder. Genau genommen war er ein paar Minuten älter als sie, aber das spielt keine Rolle, da bei uns das matrilineare Erstgeborenenrecht gilt, wie in jedem Rudel, das etwas auf sich hält. Da ich keine weiteren Töchter habe, ist Heath jetzt der alleinige Erbe."

„Ist er das?" Ich zeigte auf eines der Fotos direkt außerhalb ihrer Reichweite. Von diesem Foto starrten mich vier Gesichter an, ihre Arme waren um die Personen neben ihnen geschlungen, und sie bildeten eine Kette. Lucent war ganz rechts und sah viel fröhlicher aus als bei meinem Gespräch mit ihm, aber nicht ganz glücklich, und neben ihm war Heather. Es schien ein ziemlich aktuelles Bild zu sein. Obwohl ich den Mann neben Heather nicht erkannte, war es nicht schwer zu erraten. Sie sahen einander so ähnlich. Es musste Heath sein.

Veronica beugte sich vor, blinzelte und stand dann auf, um das Bild zu holen.

Doch dabei geriet sie ins Wanken und wäre fast gestürzt, wobei sie sich gerade noch rechtzeitig an der Armlehne festhalten konnte.

Grims Kopf schoss angesichts der plötzlichen Bewegung hoch.

„Geht es Ihnen gut?", fragte ich.

Die Sorge in ihrem Gesicht sah echt aus. Ich dachte nicht, dass sie sie spielte.

„Ja, mir geht's gut. Nur ein kleiner Schwindelanfall. Aber können Sie es mir verdenken? Ich habe gerade meine Tochter verloren."

Sie nahm das Bild und hielt es nahe an ihr Gesicht, um es zu begutachten. „Ja. Das hätte ich fast vergessen.”

„Das ist Heath?”

Sie nickte. „Und seine Frau Francesca Jericho. Süßes Mädchen. Kein Werwolf, aber sie stammt aus altem Avalon-Geldadel.”

Übersetzung: *Keine Goldgräberin wie Lucent*. Allerdings war mir Francesca nicht so wichtig. Es war Heath, an dessen Gesicht meine Augen klebten. „Heath lebt in Eastwind?”

„Ja”, sagte sie leise. „Aber er ist seit fast einer Woche geschäftlich unterwegs. Ich ... ich kann mich nicht einmal dazu durchringen, ihm zu erzählen, was mit seiner Schwester passiert ist, und ich habe seiner Frau das Versprechen abgenommen, es nicht zu erwähnen, bis er nach Hause kommt. Sie hat sofort zugestimmt. Er und Heather haben sich nahegestanden. Natürlich hasste er Lucent, aber er hat es geschafft, darüber hinwegzusehen, wenn es darum ging, Zeit mit seiner Schwester zu verbringen.”

Das war's wohl für meine Theorie, dass ihr Bruder sie des Erbes wegen getötet hatte. Heath war nicht einmal in derselben Stadt.

So groß meine Abneigung gegen Veronica auch war, ich fühlte mich geneigt, anzusprechen, was ich vor ein paar Augenblicken beobachtet hatte. „Ihr Schwindel. Wann hat das angefangen?”

Sie presste die Lippen zusammen und starrte nachdenklich an die Decke. „Hmm ... Mittwochabend.”

„Mittwoch. Sind Sie sicher?”

Sie nickte ein einziges, entscheidendes Mal. „Absolut. Ich spiele jeden Mittwochabend mit einigen der anderen Matriarchinnen Bridge. Ich habe mich gerade fürs Bett fertig gemacht und Barty erzählt, dass Caroline und Juanita nur gewinnen konnten, weil sie betrogen haben – so wie sie es mit ihren

Ehemännern getan hatten, bis diese alten Dummköpfe gestorben sind –, als ich es das erste Mal gespürt habe."

„Und Sie glauben, dass Ihr Schwindel auf Heathers Tod zurückzuführen ist?"

Wieder nickte sie und nippte an ihrem kalten Wasser.

„Aber Sie haben erst am Donnerstagmorgen von Heathers Tod erfahren."

Sie hielt inne, der Rand ihres Glases berührte ihre Lippen, und sie blinzelte schnell. „Oh", sagte sie und stellte das Glas vorsichtig auf dem Beistelltisch ab. „Das ist richtig."

„Wer bereitet Ihr Essen zu, Veronica?"

„Was?" Ihre einstudierte Fassade hatte Risse bekommen, und durch ihre Verwirrung hindurch bekam ich einen flüchtigen Blick auf die echte Veronica. Sie war keine mächtige Matriarchin, die mich mit bloßen Pfoten töten konnte. Sie war nicht mit mehr Wert oder Bedeutung zur Welt gekommen als ich. Als die Verwirrung hinter ihren Augen wirbelte und ihr Verstand sich mit der Widersprüchlichkeit der Geschichte auseinandersetzte, die sie sich selbst eingeredet hatte – dass ihr Schwindel eine emotionale Reaktion auf den Tod ihrer Tochter war –, sah ich, dass Veronica nur ein kleines Mädchen war, das aufgewachsen war und es gelernt hatte, sich in die Gussform einer Matriarchin einzufügen, aber das Kind war immer noch da.

Sie tat mir leid. „Wer bereitet jeden Tag Ihr Essen zu?", wiederholte ich.

„Sammy. Oder wenn es nur ein Häppchen ist, macht Barty es."

„Heather hatte vor ihrem Tod Schwindelanfälle." Ich war mir noch nicht sicher, was ich damit andeuten wollte, aber ich hatte meinen Verdacht. „Darf ich einen Vorschlag machen?"

„Natürlich", hauchte sie und starrte mich aus erweiterten Pupillen an.

„Lassen Sie für eine Weile Ihr Essen liefern. Sorgen Sie dafür, dass Sie diejenige sind, die die Tür öffnet und dem Lieferanten das Essen aus der Hand nimmt. Wenn Sie denselben Lieferanten zweimal hintereinander sehen, essen Sie das Essen nicht. Und achten Sie darauf, von einem Restaurant Ihres Vertrauens zu bestellen, vorzugsweise bei einem, das keine Verbindung zu Hightower Gardens hat."

Sie presste die Hand auf ihr Herz. „Denken Sie, dass das notwendig ist?"

„Ja", sagte ich bestimmt. „Das tue ich. Sie können es sich leisten. Wofür ist Geld da, wenn nicht für Sicherheit?"

Ich wusste, dass ihr dieser letzte Teil gefallen würde. Sie nickte unnachgiebig. „Sie haben recht. Danke, Nora."

Ich stand auf und musste Grim einen kleinen Stups unter den Po geben, bevor er die Nachricht verstand und schwerfällig aufstand. „Nochmals vielen Dank, dass Sie sich die Zeit genommen haben, uns zu empfangen, Veronica. Ich gebe Ihnen Bescheid, sobald wir etwas herausfinden. Und wenn es wieder sicher ist, sich ihr Essen nicht mehr liefern zu lassen."

Kapitel Sieben

„Hier muss ich Heather zustimmen", sagte ich und wandte mich Ruby zu. „Ich glaube nicht, dass Lucent es getan hat."

Wir saßen um den Wohnzimmertisch, Ruby und ich tranken nach dem Abendessen Tee, und Heather schwebte in der Nähe. Im Gegensatz zu Bruce hatte sie nicht das Bedürfnis, sich hinzusetzen. Vielleicht war sie beim Schweben einfach besser koordiniert als er. Wer konnte das schon wissen?

Grim und Clifford saßen am blauen Feuer und kühlten ihre Pfoten – Grim nach einem langen Tag voller Spaziergänge in der Hitze und Clifford nach einem langen Tag ohne irgendetwas zu tun.

„Siehst du?", sagte Heather. „Ich wusste, wenn du ihn erst einmal triffst, wärst du davon überzeugt, dass er es nie getan hätte."

„Sei nicht zu aufgeregt", antwortete ich. „Das sage ich nicht, weil ich denke, dass er den Titel als Eastwinds bester Ehemann verdient. Tatsächlich denke ich, dass er nur deswegen nicht aus dem ein oder anderen Grund im Gefängnis sitzt, weil Deputy Manchester und Sheriff Bloom zu viel zu tun haben."

Heather warf mir einen bösen Blick zu, aber ich fuhr fort.

„Ich sage, ich glaube nicht, dass er es getan hat, weil er an diesem Abend keinen Zugang zu deinem Essen hatte und weil er am Morgen keine Möglichkeit hatte, Silber auf dein Essen zu streuen. Wenn er es getan hätte, bevor du heruntergekommen bist, hätte er riskiert, sich selbst zu vergiften, da ihr das Steak und die Eier geteilt habt."

Sie nickte. „Und wie immer hat er mich auswählen lassen, welche Hälfte des Steaks ich wollte. Scheint ein bisschen riskant zu sein, nur eine Hälfte zu vergiften und zu hoffen, dass ich sie auswähle."

„Genau."

„Und Veronica?", fragte Ruby.

Ich hatte sie schon früher am Abend über das Gespräch informiert.

„Ich glaube, das Schwindelgefühl schließt sie aus. Sie schien wirklich zu glauben, dass es mit Heathers Tod zu tun hatte. Es ist leicht, Daten und Ereignisse durcheinanderzubringen, wenn ein Angehöriger stirbt." Ich wusste das aus Erfahrung, hatte aber keine Lust, es zu erklären. „Als ich darauf hingewiesen habe, dass es zeitlich nicht passt, wirkte sie besorgt."

„Glaubst du, derjenige, der mich getötet hat, hat es auch auf meine Mutter abgesehen?", fragte Heather.

„Es ist möglich, vorausgesetzt, dass der Schwindel von einer Silbervergiftung kommt. Und es würde auf ein bestimmtes Motiv hindeuten."

Ruby schmunzelte, nippte aber an ihrem Tee und sagte nichts. Heather sagte jedoch: „Und das wäre?"

„Geld. Jetzt, wo du tot bist, ist Heath der Erbe des Lovelace-Vermögens. Wenn deine Mutter stirbt, bekommt er alles."

Heather schüttelte den Kopf. „Nein, nein, nein. Heath hat sich nie sonderlich dafür interessiert. Er zieht es vor, selbst Geld zu verdienen. Außerdem war er nicht in der Stadt."

„Könnte er Reatta und Sammy bezahlt haben?", fragte ich.

„Nein", sagte sie bestimmt. „Heath würde das nicht tun. Reatta würde das nicht tun."

Ich seufzte. Wir waren in einer weiteren Sackgasse, nicht nur, weil Heather zu aufgeregt wurde, um hilfreich zu sein, sondern auch, weil sie recht hatte. Meine Theorien gingen zu weit.

„Ich bin erledigt", sagte ich. „Das Einzige, was mir jetzt noch einfällt, ist, morgen nach Feierabend zurückzuverfolgen, was du gemacht hast. Vielleicht finde ich dabei brauchbare Informationen."

„*Mehr Rumgerenne? Dafür brauchst du mich nicht, oder?*", fragte Grim.

„*Was ist, wenn ich verspreche, dass ein saftiges Steak für dich drin ist?*"

„*Kein Deal. Ich bin einmal darauf reingefallen, aber nicht nochmal. Außerdem kann ich ein saftiges Steak bekommen, indem ich einfach in das Medium Rare tänzele und Tanner mit großen Augen ansehe. Du musst schon was drauflegen, wenn ich nochmal in der Junihitze durch Eastwind latschen soll.*"

Ich dachte darüber nach. Was wollte Grim mehr als alles andere?

„*Du kannst Urlaub in den Deadwoods machen. Sobald dieser Fall erledigt ist.*"

Er stellte die Ohren auf, und sein Schwanz wedelte, klopfte auf die Holzdielen und verriet seine Begeisterung, obwohl er lustlos sagte: „*Ja, ich schätze, das reicht.*"

„Die Neubewertung deines Lagerbestands und deiner Lieferungen wird ein langes Wochenende in Anspruch nehmen, aber es wird dir später Kopfschmerzen ersparen", sagte ich und zeigte auf den Punkt auf meiner Liste der zu erledigenden Aufgaben. Ich schielte etwas, als ich über meine Handschrift blickte. Tanner hatte sich endlich für unser Treffen Zeit genommen, aber leider war die beste Zeit für ihn eine halbe Stunde vor Beginn unserer Frühschicht. Ich war schon immer ein Morgenmensch gewesen, aber um halb fünf am Morgen einsatzbereit zu sein, war zu viel verlangt, besonders an einem Sonntag.

Als ich aufblickte, starrte Tanner mich mit geöffnetem Mund und großen Augen an. Wir beide saßen im Büro des Managers des Medium Rare und schafften es recht gut, so zu tun, als ob wir nicht vor vier Monaten genau hier die Leiche von Bruce Saxon gefunden hätten.

Er blickte noch einmal auf die Liste. „Mir ist klar, dass du das alles gerade erklärt hast, aber ich habe nur die Hälfte davon verstanden." Er fuhr sich mit den Händen übers Gesicht. „Ich vermisse es, nur Kellner zu sein."

Er war definitiv besser für den Job geeignet. Ich hatte gesehen, wie sehr es seine Moral und sein allgemeines Wohlbefinden beeinträchtigte, dass er nicht so viel Zeit damit verbringen konnte, sich mit den Stammgästen zu unterhalten.

„Es erfordert ein bisschen Arbeit, aber sobald wir das unter Kontrolle haben, wirst du viel mehr Zeit haben, dich zu entspannen und mit den Gästen zu plauschen. Außerdem verdienst du mehr Geld, als wenn du nur Kellner wärst."

„Ich hoffe, du hast recht", sagte er mit gesenktem Kopf.

„Natürlich. Wie schon gesagt, ich war da, wo du jetzt bist. Zugegeben, ich hatte etwas mehr Vorbereitung und einen Mentor, der mir dabei geholfen hat."

„Ich habe auch einen Mentor", sagte er, und dieses nervtötend sexy Grinsen schimmerte durch seinen müden Gesichtsausdruck.

„Ja, den hast du wohl."

Er kniff für einen Moment die Augen zusammen und kaute auf seiner Lippe herum, während er mich anstarrte. Ich konnte nicht deuten, was er damit sagen wollte.

„Ich habe eine Idee", sagte er. „Was, wenn das Medium Rare dir und mir zusammen gehören würde?"

Ich öffnete den Mund, um etwas zu sagen (ich war mir nicht ganz sicher, was ich sagen sollte), aber er hob eine Hand, um mich zu unterbrechen.

„Hör mir zu, Nora. Es kommt mir nicht fair vor, dass du mir ohne Gegenleistung hilfst, das alles zu lernen. Aber ich habe im Moment nicht das Geld, um dir einen fairen Lohn zu zahlen. Was ich habe, ist das Potential des Medium Rare. Wir unterzeichnen einen Vertrag, in dem wir festhalten, dass für das nächste Jahr jeder von uns fünfzig Prozent besitzt, und entscheiden dann, wie wir weitermachen wollen. Was sagst du dazu?"

Während Tanner wahrscheinlich dachte, das sei eine einfache Lösung, wusste ich es besser. Das verkomplizierte alles. Nicht nur im geschäftlichen Sinne, sondern auch privat.

Sein Mentor zu sein war eine Sache, aber wenn ich mich bereit erklärte, gemeinsam mit Tanner das Medium Rare zu besitzen, wurde jede potenzielle Romanze plötzlich zu einem riesigen Risiko. Ich wusste, was Jane sagen würde, dass ich es trotzdem versuchen sollte, weil alle guten Dinge ein Ende hatten. Während es unter dem Einfluss von Donovans Cocktails angefangen hatte, sich halbwegs vernünftig anzuhören, erschien mir das Risiko, Geschäft und Vergnügen zu vermischen, stocknüchtern viel weniger verlockend. Romantik war oft der schnellste Weg zur Feindschaft, und das ging einfach nicht, wenn wir zusammen ein Restaurant führten.

Ich musste mich hier für einen Weg entscheiden. Der Romanze eine Chance geben oder ihm helfen, das Restaurant zu leiten. Es konnte nicht beides sein. Das war auf lange Sicht einfach nicht realistisch. Zumindest nicht mit der Erfolgsbilanz, die ich bei Männern hatte.

Am Ende entschied sein Gesicht für mich. Das gleiche Gesicht, das in mir den Wunsch weckte, danach zu greifen und mit ihm zu knutschen, bis ich meine Lippen nicht mehr spüren konnte, machte mich auch unfähig, Hilfe zu verweigern, wenn er sie am meisten brauchte.

Außerdem bestand die Möglichkeit, dass zwischen Tanner und mir nie etwas passieren würde. Manchmal passierte das zwischen zwei Menschen mit spürbarer sexueller Spannung – es verpuffte einfach. Würde ich einen Freund im Stich lassen, nur weil ich die dumme Hoffnung in meinem Herzen hatte, dass mehr zwischen uns passieren könnte?

Nein. Tanner war mein Freund. Wahrscheinlich mein *engster* Freund, wenn ich ehrlich bin. Und ich wusste, dass er nicht zögern würde, wenn unsere Rollen vertauscht wären und ich ihn um Hilfe bitten würde. Er würde entschlossen und nachdrücklich Ja sagen.

„Natürlich", sagte ich. „Das ist eine tolle, großartige Idee, Tanner."

Er schlug auf den Schreibtisch. „Perfekt! Dann machen wir das so! Puh, Nora ... ich muss dir sagen, ich bin wirklich froh, dass du an jenem Tag ins Medium Rare gekommen bist. Der glücklichste Tag meines Lebens."

Er meinte es nur im beruflichen Sinne. Oder?

„Wenn ich darüber nachdenke, war das wahrscheinlich auch der glücklichste Tag meines Lebens", sagte ich und spürte schon den Verlust der Romantik, die nicht passieren durfte.

„Und hier bist du", sagte er und starrte mich direkt an.

Dann änderte sich von einem Moment zum anderen die

Atmosphäre im Büro, und es fühlte sich mehr wie auf Rubys Verandaschaukel an jenem Abend an, als wir so knapp an einem Kuss vorbeigeschrammt waren. Ich fühlte mich magnetisch zu ihm hingezogen.

Aber alles, was ich spürte, war tiefe Verärgerung. Verdammte Männer! Wie konnten sie so ahnungslos sein? Verstand er nicht, dass wir vor ein paar Sekunden jede Möglichkeit einer Romanze erschlagen hatten? Und jetzt musste er mich mit diesem Schlafzimmerblick ansehen? Warum musste *ich* diejenige sein, die eine gewisse emotionale Selbstbeherrschung üben sollte? Ugh!

Also erwähnte ich das Erste, was mir einfiel, um jeglicher Romantik einen Riegel vorzuschieben: Mord.

„Kann ich dir von einem Gedanken erzählen, den ich hatte?", fragte ich.

„Ja, sicher, alles." Immer noch dieser Schlafzimmerblick.

Aber als ich ihm erzählte, wo ich im Heather Lovelace-Fall stand, war es, als hätte ich einen Eimer kaltes Wasser über ihn gegossen.

„Ich kann dir einen Ausflug ins Pixie Mixie ersparen", sagte er. „Aus genau diesem Grund führt Kayleigh nicht einmal Silber in ihrem Laden. Und sie würde niemals einen Kunden vergiften."

„Kayleigh? Ihr gehört die Apotheke, oder?"

Er nickte. „Ich gehe ständig dorthin, um Vorräte zu besorgen."

„Richtig", sagte ich. „Weil du eine Hexe bist. Manchmal vergesse ich das."

Er lachte. „Zugegebenermaßen nutze ich meine Magie hier nicht. Meistens zu Hause. Ich könnte es dir irgendwann zeigen."

Wenn ich ganz ehrlich bin, wollte ich ihm einen Stoß versetzen. Einen harten. Er lud mich nicht ernsthaft zu sich nach Hause ein, gleich nachdem wir einen Handschlag-Deal geschlossen hatten, der die Möglichkeit einer romantischen Liaison im Keim erstickte. Eine Einladung wie diese wäre – ich weiß nicht? – zu irgendeinem Zeitpunkt in den letzten vier Monaten besser getimt gewesen.

„Hey!", sagte er. „Das ist eine Idee! Während du mir zeigst, wie man ein Restaurant führt, kann ich dir ein paar Grundlagen der Hexerei beibringen!"

„Ich glaube jedoch nicht, dass ich die Voraussetzungen dafür habe. Ich bin keine normale Hexe."

„Pff. Bitte! Du wirst das schon gut machen. Es gibt Zaubersprüche, die bei bestimmten Arten von Hexen besser funktionieren – zum Beispiel bin ich eine Westwind-Hexe, und meine Spezialität ist das Heilen, daher kenne ich mich gut mit Medizin aus und kann Dinge tun, die zum Beispiel eine Südwind-Hexe, die besser im Umgang mit Feuer ist, nicht kann. Aber Sachen wie Schutzzauber und alltägliche Heiltränke usw. kann jeder lernen, der auch nur ein bisschen Magie besitzt."

„Bekomme ich einen Zauberstab?", fragte ich. „Und wo ich gerade darüber nachdenke, hast du einen Zauberstab?"

„Wenn du einen Zauberstab willst, können wir dir einen besorgen. Und ja, ich habe einen und habe ihn immer zur Hand, aber ich benutze ihn selten. Zu auffällig für meinen Geschmack, und da ich hier nicht zaubere, brauche ich ihn nicht. Außerdem weißt du, was Werwölfe über Hexen denken. Fürs Geschäft ist es am besten, wenn ich sie nicht ständig daran erinnere, was für ein Wesen ihr Lieblings-Werwolf-Restaurant betreibt."

„Erscheint mir sinnvoll. Ich erinnere mich nur daran, dass Donovan seinen benutzt, und dadurch sah alles viel einfacher aus. Könnte bei der Inventarisierung hilfreich sein, wenn du einen Zauberstab verwendest."

„Donovan?", sagte er und musterte mich misstrauisch. „Seid ihr zwei Freunde, oder …?"

Oh heiliger Strohsack. Ich konnte *dieses* Gefühl bei einem Mann aus einer Meile Entfernung erkennen. Tanner war eifersüchtig.

Ich wollte fast schon andeuten, dass etwas zwischen mir und dem frustrierend heißen Barkeeper von Franco's Pizza lief, aber ich wusste, dass mir das um die Ohren fliegen würde, da Tanner und Donovan befreundet zu sein schienen. Es würde nicht lange dauern, bis die Wahrheit ans Licht käme und Tanner erfuhr, dass Donovan und ich uns tatsächlich überhaupt nicht mochten.

„Nein, ich habe ihn nur ein paarmal bei Franco's Pizza gesehen."

„Oh."

„Aber er hat mir einen tollen Drink gemixt", sagte ich.

„Ach so?"

Ich nickte.

„Einen alkoholischen Drink?"

Ich nickte erneut.

„Ich wusste nicht, dass du trinkst."

Moment. War das schlimm? Sollte ich nicht trinken? Mochte Tanner Frauen nicht, die sich hin und wieder bei einem Gläschen Alkohol entspannten? „Ja, manchmal. Nicht mehr so oft, seit ich in Eastwind bin."

„Da fällt mir was ein", sagte er, „ich schulde dir immer noch einen Ausflug zu Sheehan's Pub."

Oh. Bitte. Stocknüchtern war es schon schwer genug, Tanners Charme und Schönheit zu widerstehen. Wenn ich ein paar Drinks in mir hätte und er eines der zahllosen unbeabsichtigt sexy Dinge tun würde, die er machte, wie zum Beispiel mich anzulächeln, wäre ich erledigt. Es würde jede Hoffnung auf die Aufrechterhaltung einer professionellen Beziehung zunichtemachen.

Tanner machte es unglaublich schwierig, ein guter Freund für ihn zu sein.

„Ja. Vielleicht könnten wir das Medium Rare für einen Abend schließen und daraus eine Firmensache machen. Weißt du, um unsere *geschäftliche Partnerschaft* bekanntzugeben." Es war kein subtiler Hinweis, und schließlich fügte er die Teile zusammen.

„Oh. Richtig. Ja." Seine gerunzelte Stirn entspannte sich. „Das ist eine großartige Idee. Ich bin froh, dass ich dich bei mir habe, Nora."

Er hob die Hand, und einen Moment lang konnte ich nicht glauben, was geschah. Als ich begriff, musste ich fast lachen. Aber es ergab einen Sinn.

Tanner bot mir ein High-Five an. Ah ja, diese freundliche Geste, die erotischen Träumen den sofortigen Todesstoß versetzte.

Aber ich nahm, was der großartigste Mann in ganz Eastwind anbot, der nun mein zukünftiger Geschäftspartner und Hexenlehrer war, und gab ihm ein High-Five.

Fantastisch!

Kapitel Acht

Als ich an diesem Nachmittag begann, Heathers Tagesablauf nachzuvollziehen, machte ich mir Sorgen, dass mein Timing nicht passte. Zum einen war es ein Sonntag. Heathers letzter Tag war ein Mittwoch gewesen. In Eastwind lief an Wochentagen alles ganz anders als am Wochenende – unterschiedliches Tempo, Geschäfte hatten andere Öffnungszeiten, und diejenigen, die wochentags arbeiteten, nahmen sich wahrscheinlich das Wochenende frei. Und wegen meiner Morgenschicht im Medium Rare konnte ich erst gegen drei Uhr nachmittags aufbrechen, während Heather ihren Weg gegen zehn Uhr vormittags begonnen hatte.

Ich befürchtete auch, dass Grim einen Hitzschlag erleiden und, wenn er überlebte, seinen Urlaub in den Deadwoods antreten und nie zurückkommen würde.

Außer für das gelegentliche Steak-Dinner.

Er wollte es nicht zugeben, aber er gewöhnte sich langsam an den Luxus eines häuslichen Lebens. Soweit ich wusste, gab es in den Deadwoods weder Kamine noch Hundebetten, und beide waren schnell zu beliebten Schlafplätzen für ihn geworden.

Aber egal, er beklagte sich den ganzen Weg vom Medium Rare bis zum Emporium über die Hitze. Es war nicht der heißeste Tag des Monats, aber zu seiner Verteidigung waren die Temperaturen dennoch brutal, da die frühe Nachmittagssonne fast senkrecht über uns brannte.

„Der da", sagte er und deutete auf einen Sandwichladen mit Blick auf den Markt.

„Sagst du das nur, weil es da Schatten und wahrscheinlich kalte Luft gibt?"

„Könntest du es mir verdenken, wenn dem so wäre?"

Ich wischte mir die Schweißperlen von der Unterseite meines Kinns und ging voran.

Ein älterer Mann begrüßte uns an der Theke, als wir eintraten, und ich bestellte zwei Pastrami-Sandwiches, eines mit extra Pastrami. Und ja, es war eine Bestechung für Grim. Vielleicht machte ich mir mehr Sorgen, dass er in die Deadwoods verschwinden könnte, als ich zugeben wollte.

Mir fiel sofort der Name des Mannes ein, und als er sich daran machte, die Sandwiches zuzubereiten, fragte ich: „Hey, Thorwald, vielleicht ist das eine dumme Frage, aber kennen Sie Heather Lovelace?"

Mit hinuntergezogenen Mundwinkeln faltete er das geschnittene Fleisch auf das lange Brötchen. „Nein. Ich meine, ich weiß, wer sie ist, aber ich würde nicht sagen, dass wir Freunde sind oder so."

„Sie ist Anfang der Woche hier vorbeigekommen. Erinnern Sie sich daran?"

Er hielt inne und blickte auf. „Oh ja, das tue ich. Sie hat gesagt, dass es ihr nicht gut ging. Sind Sie eine Freundin von ihr?"

„Ja." Es war nur eine halbe Lüge.

Er machte sich wieder daran, unsere Sandwiches zuzubereiten. „Geht es ihr besser?"

„*Wie unangenehm ...*", sagte Grim.

„Ähm, ja, ihr geht es gut, soweit ich gehört habe." Noch eine halbe Lüge. Einerseits war sie nicht mehr krank. Andererseits lag das daran, dass sie sehr tot war.

„Gut, gut." Er blickte auf. „Schweizer Käse oder Provolone? Ich empfehle den Schweizer Käse. Er ist in einer Drachenhöhle gereift und hat einen schönen, rauchigen Geschmack."

„Schweizer Käse klingt großartig", sagte ich und strich Thorwald von meiner Liste möglicher Verdächtiger. Er wusste nicht, dass Heather tot war. Und außerdem, warum sollte er sie töten wollen? Sie waren kaum mehr als Bekannte.

Meine Intuition registrierte eine große, fette Null.

„Sie sind eine Hexe, oder?", sagte er, während er die beiden Sandwiches in Metzgerpapier einwickelte.

„Ja."

„Wie kommt es, dass ich Sie noch nie bei Zirkel-Veranstaltungen gesehen habe? Hübsches Mädchen wie Sie, das wäre mir aufgefallen." Er lächelte mich an, und auf einer Skala von eins bis zehn kam mein Gruselmeter nur auf etwa drei. War ich an Thorwald interessiert? Neiiin! War es schön, ein gelegentliches Kompliment zu bekommen? Natürlich. Auch wenn er fast doppelt so alt aussah wie ich, hey, man musste Komplimente nehmen, woher sie kamen.

„Ich bin keine große Hexe", sagte ich und meinte damit natürlich, dass ich eine Hexe des Fünften Windes war, sodass es den meisten normalen Hexenkram sozusagen nicht in meiner Trickkiste gab.

„Da bin ich anderer Meinung", sagte er und zwinkerte.

Und mein Gruselmeter schoss auf etwa sechs hoch.

„Nein, ich meine nur, ich bin ein, ähm, ich bin ein Medium.

Fünfter Wind. Nicht wie eine Hexe, die mit dem Zauberstab herumfuchtelt und einen spitzen Hut trägt."

Schon während ich das sagte, wusste ich, dass ich wie ein Idiot dastand.

Thorwald trug keinen spitzen Hut und hatte kein einziges Mal einen Zauberstab benutzt, um die Sandwiches zuzubereiten. Ich hatte Klischees aufgezählt. Wie ein Idiot.

Er war kein Kobold, Fänge und Klauen! Ich hatte viele Hexen kennengelernt, die nicht jedem Stereotyp entsprachen.

Kennen Sie das, wenn Sie sich in ein Loch manövriert haben und es an der Zeit ist, so schnell wie möglich rauszuklettern und wegzulaufen? Ja, das war einer dieser Momente. Ich bezahlte Thorwald mit großzügigem Trinkgeld, schnappte mir die Sandwiches und ergriff die Flucht.

So peinlich es auch war, es brachte mich zum Nachdenken. In dieser Stadt gab es eine ganze Hexengesellschaft, und ich hatte mich noch kein einziges Mal damit befasst. Zumindest nicht ernsthaft. Klar, ich ritt nicht auf einem Besen – obwohl ich fairerweise sagen muss, dass ich es nie versucht habe – und ich hatte keinen Zauberstab, aber ich war trotzdem eine Hexe, nicht wahr? Sicherlich würde mich der Hexenzirkel nicht abweisen, nur weil ich eine bestimmte Art von Hexe war. Nach dem, was Ruby in unseren Teegesprächen gesagt hatte, waren alle fünf Arten von Hexen – Geister, Erde, Luft, Wasser und Feuer – Teil derselben magischen Gemeinschaft. Ein Typ konnte ohne die anderen vier nicht existieren.

Nun, ich nahm an, dass jede Gruppe ihre schwarzen Schafe hatte, und das war in der Hexengemeinschaft definitiv ich.

Dennoch wäre es vielleicht nicht so schlecht, wenn ich mich demnächst damit befassen würde. War Tanner Teil des Zirkels? Gab es mehrere Zirkel? Ich wollte mich selbst treten, weil ich nach Eastwind gekommen war und dort das Gleiche getan hatte, was ich immer getan hatte: mich so sehr auf einen

Aspekt meines Lebens zu konzentrieren, vor allem die Arbeit im Medium Rare und was auch immer diese freiberuflichen Mordermittlungen waren, dass ich einen völligen Tunnelblick entwickelt hatte und es meine Neugier auf den Rest des Lebens in dieser im wahrsten Sinne des Wortes unglaublichen Stadt gedämpft hatte.

„Heißes Pastrami-Sandwich war vielleicht ein Fehler", stöhnte Grim, nachdem wir unser Essen aufgegessen hatten und auf dem Weg zum Pixie Mixie durch den Fulcrum Park im Zentrum von Eastwind gingen. Wir hatten die Reihenfolge von Heathers Erledigungen geändert, aber ich sah keine andere Möglichkeit, um zu vermeiden, dass sich ein hungriger Vertrauter so laut beschwerte, dass ich mich nicht mit Kayleigh, die die Apotheke leitete, unterhalten konnte. *„Ergibt aber Sinn, dass der Käse in einer Drachenhöhle gereift ist; ich fühle mich, als würde ich gleich Feuer aus meinem ..."*

„Da ist es", sagte ich und zeigte auf den kleinen Laden mit Strohdach und einem großen Holzschild an der Eingangstür. „Pixie Mixie Apotheke." Hoffentlich hatten sie etwas, das Flatulenz bei Hunden lindern konnte. Aus Erfahrung hatte ich gelernt, dass an Schlaf nicht zu denken war, wenn Grims Verdauung Überstunden machte. Und wenn es mir doch gelang einzuschlafen, warteten nur Alpträume auf mich.

Als wir den Laden betraten, kündigte uns das angenehme Klingeln eines silbernen Glöckchens an. Im Laden war es dunkel, aber die Atmosphäre war beruhigend. Sanfte Flöten-musik wehte durch den Raum, und das beruhigende Plät-schern fließenden Wassers zu meiner Linken erregte meine Aufmerksamkeit. Es kam von einem Miniaturwasserfall in einem Becken neben dem Empfangstisch, das derzeit leer war.

Der reichhaltige, erdige Duft der Kräuter zog mich in seinen Bann, und ich dachte, ich könnte mich umsehen, wenn ich schon einmal hier war. Schließlich war ich eine Hexe. Ob ich es verstand oder nicht, ich gehörte an einen Ort wie diesen.

„Sehen wir uns um", sagte ich.

„Viel Spaß", antwortete Grim und ließ sich auf dem kühlen Steinboden neben dem Wasserfall nieder.

Ich wählte einen zufälligen Gang aus, ging langsam zwischen zwei hohen Holzregalen hindurch und betrachtete die verschiedenen Waren. Bis auf Hüfthöhe standen auf den Regalen große Fässer mit getrockneten Zutaten, und ich beugte mich hinunter, um die Etiketten zu lesen, die vor langer Zeit auf die Seite geschrieben worden waren. Einige der Inhaltsstoffe erkannte ich, wie Lavendel, Koriander und Myrrhe. Andere, wie „Star Seed" und „Ground Glory", ließen mich ratlos zurück. Während andere, wie „Hornissenherz", „Krokodilstränen" und „Feenstaub", gerade vertraut genug klangen, um einen Sinn zu ergeben, ohne tatsächlich einen Sinn zu ergeben.

Über den Fässern mit den Bulkwaren standen kleine, unbeschriftete Fläschchen und Tinkturen. Die Regale, auf denen sie standen, waren mit Etiketten versehen, aber ich konnte mir leicht vorstellen, dass ein unschuldiger Fehler eines Verkäufers oder ein böswilliger Tausch eines Kunden katastrophal enden könnte, wenn der Fehler nicht vor der Verwendung der Zutat bemerkt wurde.

Könnte das Heather passiert sein? Konnte sie vorgehabt haben, sich etwas gegen ihr Schwindelgefühl zu holen und stattdessen versehentlich einen Silbertrank gekauft haben?

Aber dann fiel mir ein, dass Tanner gesagt hatte, dass Kayleigh kein Silber führte, weil sie genau das nicht riskieren wollte. Vielleicht hatte sich Tanner geirrt. Vielleicht war Silber das magische Äquivalent eines verschreibungspflichtigen Medikaments, und Pixie Mixie hatte es auf Lager, nur nicht, wo jeder rankam.

„Ich wünsche dir einen gesegneten Sommertag", sagte eine glockenhelle Stimme hinter mir.

Als ich mich umdrehte, sah ich eine zierliche, schöne junge Frau, die hinter mir in der Luft schwebte. Sie erinnerte mich an die Feen, die ich bei Franco's Pizza als Kellnerinnen gesehen hatte, nur dass ihre Flügel länger und spitzer waren und sie nicht so hektisch flattern musste, um in der Luft zu bleiben. Auch ihre Proportionen waren anders, eher wie ein Mini-Mensch als wie die einer Fee, die aussah wie zusammenge-drückte Menschen mit großen, kindlichen Augen.

Man musste kein Genie sein, um zu erraten, dass dieses Mädchen eine Elfe war. Der Name des Ladens verriet das ja schon. „Hallo. Und auch dir einen, ähm, gesegneten Sommer-tag", sagte ich. Begrüßten sich Elfen so? Oder war das hier nur ein bisschen hippy-dippy?

„Ich erkenne dich nicht", bemerkte sie höflich. „Bist du neu in Eastwind?" Klare blaue Augen musterten mich freundlich unter ihrem glatten mittelbraunen Haar. Ihr Aussehen hatte etwas Vertrautes. Allerdings konnte ich nicht genau sagen, was es war.

„Ja. Ich bin Nora." Ich reichte ihr die Hand, und sie legte ihre winzige Hand in meine.

„Kayleigh", sagte sie.

„Dir gehört der Laden, oder?"

Sie lächelte strahlend. „Ja! Und jetzt, wo du mir deinen Namen gesagt hast, fügen sich die Teile zusammen. Du bist das Medium, oder?"

Ah, der Klatsch von Eastwind. „Ja. Das bin ich."

„Tanner redet viel über dich", sagte sie und nickte langsam. „Ich hatte gehofft, dass du vorbeikommst, damit ich dich endlich kennenlernen kann."

„Wirklich?"

Sie nahm wieder meine Hand, flatterte vorwärts und zog

mich hinter sich her. „Es gibt einen ganzen Bereich des Ladens, der perfekt für Leute wie dich ist, und ich habe fast nie Käufer, da Ruby nur noch einmal alle Supermonde reinkommt.“

„Leute wie mich? Du meinst, du hast Sachen speziell für Hexen des Fünften Windes?“

„Ja!“ Sie führte mich in eine hintere Ecke des Ladens und blieb vor einem Regal stehen, über dem ein Schild mit der eingravierten Aufschrift „Nekromantie“ hing.

Da musste irgendein Fehler vorliegen. Ganz zufällig hatte ich während meines kurzen Besuchs in New Orleans erfahren, was Nekromantie ist, kurz bevor ich versehentlich gestorben und nach Eastwind gegangen war. Als Neil und ich auf der Bourbon Street gewesen waren, hatte ich gehört, wie ein Reiseleiter davon sprach ... kurz bevor die Voodoo-Frau mich angehalten und mir die schlechte Nachricht überbracht hatte, dass ich in weniger als einem Tag unter Geistern sein würde.

Ich hatte die Worte der hageren (und vermutlich geistesgestörten) Frau mit einem Schulterzucken abgetan, und Neil hatte sie beim nächsten Polizisten angezeigt, den wir finden konnten. Ich hatte angenommen, dass es damit erledigt wäre.

Aber *nein*. Es stellte sich heraus, dass die Voodoo-Lady recht gehabt hatte.

Ich fragte mich manchmal, ob selbst *sie* gewusst hatte, wie richtig sie gelegen hatte. Egal, ich war bis Oberkante Unterlippe unter Geistern.

Nach meinem minimalen Verständnis war Nekromantie jedoch keine tolle Sache. Es bedeutete, die Toten zu kontrollieren. Ich hatte noch nie was für Zombiefilme übrig gehabt (ich hatte auch so genug Stress in meinem Leben, ohne dass ich ihn in meiner Unterhaltung suchen musste), und ich war definitiv nicht scharf darauf, ein Zombieszenario in Echtzeit auszuleben.

„Da muss ein Irrtum vorliegen", sagte ich und betrachtete das Schild argwöhnisch, als könnte es mich gleich anspringen.

„Nein", sagte sie fröhlich. „Das ist dein Spielplatz!"

„Aber ich bin nicht wirklich ein Nekromant."

Sie öffnete den Mund, um zu antworten, und schloss ihn dann wieder. Ihr strahlender Gesichtsausdruck verschwand. „Oh. Ähm. Mist."

„Was?"

„Ich wusste nicht, dass es dir niemand gesagt hat."

„Was meinst du?"

„Dass du ein Nekromant *bist*", sagte sie. „Es ist nur ein anderer Begriff für eine Hexe des Fünften Windes, so wie Pyromant ein anderer Name für eine Hexe des Südwindes ist. Klar, es ist ein bisschen altmodisch, das gebe ich zu."

Ich schüttelte den Kopf. Nein. Dieses Urteil würde ich nicht akzeptieren. „Ich sehe nur Geister und spreche mit ihnen. Hat ein Nekromant nicht die Kontrolle über Leichen?"

Sie verzog das Gesicht. „Also … das schon. Ein böser würde das tun. Ich würde dir aber nicht empfehlen, jemanden wiederzubeleben. Das ist eine schmutzige Angelegenheit und wider den Wünschen der Natur. Und sie wird wütend, wenn du das machst."

„Wer wird wütend?"

„Die Natur. Aber es gibt noch viele andere Dinge, die ein Nekromant tun kann, ohne gegen die erdgebundenen Gesetze zu verstoßen."

„Wie zum Beispiel?"

Sie streckte die Hand aus und nahm einen kleinen Gegenstand vom Regal. Das Glas war blau getönt und sah ein bisschen aus wie eine Parfümflasche. „Das hier. Mit deiner Magie kannst du dich damit vor Geistern schützen. Wenn, sagen wir, Tanner versuchen würde, es zu benutzen, würde es bei ihm nicht funktionieren, da er kein Nekro– ähm, keine Hexe des Fünften Windes ist wie du."

Ich nahm eine ähnliche Flasche aus dem Regal und untersuchte sie. „Ich nehme fünf."

Sie kicherte. „Siehst du? Das ist gar nicht so schlecht. Allerdings *hat* die Nekromantie zugegebenermaßen einen schlechten Ruf."

„Was mache ich damit, einfach auf mich sprühen und dann – *poof!* – schleichen sich keine Geister mehr an mich heran?"

„Leider ist es nicht so einfach. Für jeden Zauber muss man lernen. Hast du einen Zauberstab?"

„Nein."

Sie runzelte die Stirn. „Du solltest dir einen besorgen. Das macht den Anfang leichter."

„Geht klar."

„Hast du Ezra Ares schon kennengelernt?"

Der Name kam mir bekannt vor. „Hat er was mit Ezras Magical Outfitters zu tun?" Der Laden war im Luxus-Einkaufsviertel von Eastwind, in der Nähe von Echo's Salon.

„Genau der. Du solltest ihn bald besuchen. Er ist nicht nur der beste Zauberstabmacher in Eastwind, er ist auch der beste in allen angrenzenden Welten. Wenn irgendjemand dir einen richtigen Zauberstab des Fünften Winds machen kann, dann er."

„Danke. Das werde ich auf jeden Fall tun." Ich mochte Kayleigh. So sehr, dass ich fast vergessen hatte, warum ich überhaupt hier war.

Ich stellte die Flasche wieder auf das Regal. Ich war nicht zum Shoppen hier. Ich könnte später wiederkommen, am besten erst, wenn ich herausgefunden hätte, was zum Teufel ich als Nekromant anfangen sollte. „Hast du zufällig Heather Lovelace gekannt?"

Sie flatterte tiefer und ließ ihre Schultern hängen. „Ja, ich kannte sie. Armes Ding. Es tut mir so schrecklich leid wegen ihr und Lucent."

„Ja, es ist traurig."

„Ich habe gehört, es war Selbstmord." Ich nickte, und sie flatterte höher, sodass sie auf Augenhöhe war. „Ich glaube es nicht", sagte sie leise.

„Niemand scheint das zu glauben", sagte ich. „Aber warum glaubst du es nicht?"

„Es heißt, es war eine Silbervergiftung, oder?"

„Richtig."

„Nun, als sie an diesem Tag hierhergekommen ist, litt sie unter Schwindelgefühlen. Sie hat auch leichte Kopfschmerzen erwähnt, die ihrer Meinung nach darauf zurückzuführen waren, dass ihr so lange schwindelig war."

„Du bist anderer Meinung, nehme ich an?"

Sie schüttelte den Kopf. „Ich sehe vielleicht jung aus, aber ich studiere seit über dreihundert Jahren Medizin. Ich weiß, wovon ich rede."

Ich versuchte, mich nicht davon einschüchtern zu lassen. Kein Wunder, dass Tanner wegen all seiner medizinischen Bedürfnisse hierherkam. Kayleigh war wahrscheinlich eine ausgezeichnete Lehrerin.

Moment. Lernte er bei ihr? Oder vielleicht *auf* ihr? Sie war auf eine natürliche, unbeabsichtigte Weise schön. Mochte er seine Frauen kleiner? Ich war nicht besonders groß, aber ich war mindestens einen halben Meter größer als Kayleigh.

Ja, je mehr ich darüber nachdachte, desto sicherer war ich mir, dass zwischen Tanner und Kayleigh auf keinen Fall nichts laufen konnte. Er sagte, er kam oft hierher. Er müsste blind sein, um sie nicht zu bemerken. Sie war auch süßer als ich. Das würde gut passen für –

Konzentrier dich, Nora! Komm schon!

„Was war dann deine Diagnose?"

„Sie erwähnte, dass ihr schon seit fast einer Woche schwindelig sei. Zusammen mit den Kopfschmerzen und dem leichten Tremor ...“

„Dem was?“

„Ihre Hände“, sagte Kayleigh. „Es kann sein, dass sie nicht einmal bemerkt hat, dass sie gezittert haben, aber sie haben gezittert. Für mich sah es wie eine Art toxischer Schock aus. Als ich gehört habe, dass sie in dieser Nacht an einer Silbervergiftung gestorben war, hatte ich keine Zweifel daran, dass das die Ursache für ihre Symptome gewesen war. Vielleicht eine geringe Menge, aber sie hatte definitiv Silber in sich, bevor sie hergekommen ist. Und warum sollte sie kommen, um etwas gegen ihre Symptome zu besorgen, wenn sie später vorhatte, sich in dieser Nacht umzubringen?“ Sie schüttelte scharf den Kopf. „Nein, das ergibt keinen Sinn.“

„Verkaufst du hier Silber?“ Ich fragte danach, um auf Nummer Sicher zu gehen.

„Nein“, sagte sie entschieden, und ihre blauen Augen weiteten sich. „Damit ist ein zu großes Haftungsrisiko verbunden. Und ich bin froh, dass ich die Entscheidung getroffen habe. Du könntest vor Anwälten hier nicht treten, wenn ich es verkaufen würde. Außerdem gibt es so wenige Zaubersprüche, für die man Silber benutzt, die nicht böswillig sind. Und alle bis auf ganz wenige kann man mit Alternativen wie Mondstrahlen oder Krokodilstränen wirken.“

Ich seufzte. Eine weitere Sackgasse.

Ich hatte damit gerechnet, hatte es aber trotzdem untersuchen müssen.

„Danke“, sagte ich, „für das über die Nekromantie und den Teil über Heather.“

„Gern geschehen. Wie schon gesagt, ich habe mich einfach so gefreut, dich endlich kennenzulernen, nach allem, was ich gehört habe.“ Sie lächelte, und es war unmöglich, sie nicht zu mögen, selbst wenn sie – und vielleicht redete ich mir das ein bisschen ein – hundertprozentig mit Tanner zusammen war.

Ich drehte mich um, um zu gehen, dann erinnerte ich mich. „Oh, ähm …" Ich sah mich um und wusste nicht, wo ich anfangen sollte.

„Ja?", sagte sie.

„Wenn man bedenkt, dass ich keinerlei Ahnung von Hexerei im Allgemeinen habe, hast du dann irgendwas Einfaches, das gegen Blähungen bei Hunden wirksam sein könnte?"

Ihr Blick wanderte zu Grim, wo er döste, und sie schmunzelte. „Ja. Und es ist gebrauchsfertig. Wir haben hier einen Bereich, der den gängigen Produkten gewidmet ist. Komm, ich zeige ihn dir."

Nachdem ich bezahlt und versprochen hatte, wiederzukommen, wenn ich mehr Zeit hatte, um etwas über Zaubertränke zu lernen, winkte sie zum Abschied und ich weckte Grim mit meinem Fuß auf.

Er blinzelte, sah sich um und entdeckte Kayleigh hinter dem Empfangstisch.

„*Whoa*", sagte er und schmatzte, als er zu sich kam. „*Das ist seltsam.*"

„*Was?*"

Er deutete mit der Pfote auf die Elfe. „*Siehst du es nicht?*"

„*Was soll ich sehen?*"

„*Wenn sie ein paar Jahre jünger wäre und eine weiße Bluse anstatt dieses schäbigen Tanktops und Rocks tragen würde, wären die Flügel das Einzige, woran ich euch zwei unterscheiden könnte.*"

Ich drehte den Kopf herum, um sie genauer anzusehen.

Oh nein!

Deshalb hatte ich das Gefühl gehabt, sie zu kennen. Die Elfe, in die Tanner höchstwahrscheinlich verknallt war und die ihm wahrscheinlich Unterricht gab und die ganz bestimmt *nicht* gerade zugestimmt hatte, eine unternehmerische Partnerschaft mit ihm einzugehen und damit jede Chance auf eine Romanze zunichtegemacht hatte, *sah aus wie ich.*

Ich wollte auf dem Weg zu unserem nächsten Stopp unbedingt in Sheehan's Pub vorbeischauen und hätte es auch getan, wenn ich keine Angst gehabt hätte, Tanner dort zu begegnen. Jetzt wäre kein guter Zeitpunkt dafür.

„*Fänge und Klauen*", murmelte ich, sodass nur Grim mich hören konnte.

„*Glaubst du, Tanner ist auch in sie verknallt? Oooh! Oder ist er vielleicht nur in dich verknallt, weil du ihn an sie erinnerst?*"

„*Ich schwöre dir, Grim, wenn du nicht aufhörst, mache ich einen Termin für dich im Day Spa, inklusive Gesichtsbehandlung und allem.*"

„*Nur über meine Leiche.*" Dann schien ihm klar zu werden, was er gesagt hatte, und er fügte hinzu: „*Über meine noch totere Leiche.*"

„Schon gut. Ich habe da drin ein Leckerli für dich besorgt." Ich griff in den kleinen Leinensack und holte einen der Kausnacks heraus, die Kayleigh empfohlen hatte.

Überraschenderweise stellte er keine weiteren Fragen und verschlang ihn, als ich ihn ihm zuwarf. Mann, Hunde waren viel zu vertrauensselig.

Aber hey, warum sollte ich das nicht zu meinem Vorteil nutzen? „*Noch einen?*"

„*Sicher, warum nicht? Es war nicht das Schlimmste, was ich je gegessen habe.*" Aber ich sah, dass der Sabber von seinen Lefzen zu tropfen begann. Er konnte mich mit seinem halb desinteressierten Ton nicht täuschen.

Hoffen wir, dass diese Dinger funktionieren, dachte ich und warf ihm dann noch ein paar zu.

Grim war danach zufrieden und still, aber mein Verstand drehte sich im Kreis, während wir uns auf den Weg zum reichen Teil der Stadt machten.

Kapitel Neun

Ohne damit zu rechnen, im Atlantis Day Spa Antworten zu finden, ging ich trotzdem hin. Um allen Hinweisen nachzugehen. Und vielleicht, um mich ein bisschen verwöhnen zu lassen.

Da Ruby mich keine Miete bezahlen ließ, sondern nur Geld für mein Essen und meinen Tee akzeptierte und ich im Medium Rare gutes Trinkgeld und Stundenlöhne verdiente, hatte ich Geld, das ich ausgeben konnte. Ich konnte genauso gut ein bisschen davon für mich selbst verwenden. Seit ich mir in meiner ersten Woche in Eastwind im Echo's Salon die Haare hatte waschen und stylen lassen, hatte ich nichts unternommen, was auch nur ansatzweise als Verwöhnbehandlung durchgehen könnte. Und die ganze Sache mit dem Leben auf der Überholspur? Ja, das hatte ich schon durch. Und in Eastwind war ich im Begriff, wieder in dasselbe Muster zu verfallen. Warum? Ich hatte Geld, ein Dach über dem Kopf, einen Job, der mir Spaß machte. Was trieb mich immer noch dazu, dauernd zu arbeiten?

Genau das war die Millionen-Dollar-Frage. Vielleicht würde ich es eines Tages herausfinden.

So oder so, tief in meinem Inneren wusste ich, dass ich einen Weg finden musste, mich zu entspannen, sonst würde ich wieder in den Teufelskreis eines Workaholics fallen und alle anderen Aspekte meines Lebens – zum Beispiel diejenigen, die das Leben lebenswert machen – würden in den Hintergrund treten, bis sie verkümmerten und starben wie alle Zimmerpflanzen, die ich jemals besessen hatte (ich hatte so ziemlich das Gegenteil von einem grünen Daumen).

Wenn meine beste Möglichkeit zum Entspannen ein Spa oder ein Pub wäre, dann schien das Spa die gesunde und verantwortungsvolle Wahl zu sein, oder?

Grim würde sich einfach damit auseinandersetzen müssen.

Ich hatte gerade keine Zeit für eine Behandlung, aber ich konnte zumindest einen Termin machen. Es war jedenfalls ein Schritt in die richtige Richtung.

Das Atlantis Day Spa lag anderthalb Blocks vom Fulcrum Park entfernt hinter dem Echo's Salon. Alle Geschäfte in diesem kleinen Abschnitt waren für die Reichsten von Eastwind gedacht, vielleicht sogar für Leute mit Avalon-Geld. Auf der gegenüberliegenden Straßenseite des Spas war ein Juwelier und daneben Ezra's Magical Outfitters, wo verschiedene Besenmodelle direkt hinter den Panoramafenstern der Ladenfront in der Luft schwebten. Zwei dünne weibliche Hexen in High Heels, die auf dem Kopfsteinpflaster das Schicksal herausforderten, zeigten darauf und unterhielten sich schnell und nachdrücklich darüber, welche Modelle sie als Nächstes kaufen wollten und welche billige Nachahmungen seien. Ich bezweifelte jedoch, dass irgendetwas in dieser Gegend billig *oder* eine Nachahmung war.

Als wir kurz nach drei im Spa ankamen, stellten wir fest, dass es keine richtige Eingangstür gab. Stattdessen wurde der

Zugang von etwas verdeckt, das wie ein Wasserfall aussah, der von oberhalb des Türrahmens herabstürzte und am Boden darin verschwand.

Ich war mir nicht sicher, was ich tun und wie ich es angehen sollte. Musste man wirklich durchs Wasser gehen, um da reinzukommen? Das kam mir seltsam vor und wie das Gegenteil von Entspannung. Doch dann tauchte aus dem Wasserfall eine große, schlaksige blonde Frau auf. Sie lächelte gelassen und schien trocken zu sein, als sie praktisch den Hügel Richtung Stadtzentrum hinunter schwebte.

Okay, das war cool. Wirklich, wirklich cool.

Ich musste es selbst ausprobieren.

„Kommst du mit rein?", fragte ich Grim.

„Sicher nicht", brummte er und ließ sich im Schatten des Gebäudes nieder.

Das hatte ich mir schon gedacht. Ein Spa-Besuch war absolut nicht sein Ding, und ich wusste, dass es einfach zu viel verlangt war, ihn zu bitten, durch einen magischen Wasserfall zu gehen. Wenn er wollte, konnte er in der Hitze draußen bleiben. Nicht mein Problem.

Reflexartig schloss ich die Augen, trat unter den Wasserfalleingang und spürte, wie mich nicht Wasser, sondern Entspannung überflutete. Meine Muskeln fühlten sich an wie ein Seufzer, und die Anspannung in meinen Schultern, die vom Tragen schwerer Tabletts kam, begann zu schmelzen.

Als ich meine Augen wieder öffnete, war ich im Spa, beleuchtet von schummrigen schwebenden Kugeln, die mich an chinesische Laternen erinnerten. War ich gerade in eine Höhle gegangen ... in den Himmel? Heiliger Strohsack!

Die Marmordecke war von Wellen in tiefen Blau- und Grüntönen durchzogen und stieg ungleichmäßig geschwungen an, wie die Decke einer Höhle, die durch jahrelange Auswaschung entstanden war. Von der Außenseite des

Gebäudes aus hätte ich nie gedacht, wie weit dieser Raum nach hinten reichte. Tatsächlich gab es ein offensichtliches logisches Ungleichgewicht zwischen dem Äußeren und dem Inneren, eine physikalische Unmöglichkeit. In der Nähe des Eingangs gab es einen Sitzbereich, und ein Empfangstresen aus dichtem, aber glattem grauem Stein bildete eine räumliche Barriere zum Rest der Höhle, die sich weit, weit, weit nach hinten erstreckte. Das Licht der Kugeln wurde von einem klaren Teich hinter der Rezeption reflektiert und ließ zitternde Lichtstrahlen an der Decke und den glatten Felswänden tanzen. Das sanfte Geräusch des plätschernden Wassers beruhigte meine Nerven noch mehr, bis ich das Gefühl hatte, dass ich ertrinken könnte, wenn ich im Wasser wäre.

Ich spähte an der Rezeption vorbei. Der Boden erstreckte sich von mir weg, fiel dann ab und verschwand in einem Becken, in dem eine Frau in einem Badeanzug auf dem Rücken trieb, und ein männlicher Faun lehnte am Rand und hatte seine Arme ausgebreitet, sein Kopf gegen einen Felsen gelehnt. Schlief er? Sollte ihn jemand wecken?

Eine nasale Stimme zu meiner Linken riss mich aus meinen Gedanken. „Oh, hallo", sagte er. „Willkommen in Atlantis. Wie kann ich Ihnen heute helfen?" Er war groß und schlank und trug ein locker sitzendes weißes Hemd und Hosen, die mich an supermoderne OP-Kleidung erinnerten. Weißblondes Haar fiel ihm um das Gesicht und bis zur Taille, während die Spitzen seiner Ohren unter den glatten Strähnen hervor spähten.

Ich hatte in der Umgebung von Eastwind ein paar Elfen gesehen, aber die meisten blieben unter sich und bewegten sich nicht weit aus den schickeren Vierteln wie diesem heraus. Hyacinth Bouquet war die Einzige, die ich im Medium Rare gesehen hatte, und ich vermutete, dass sie bereit war, sich so weit in die Außenbezirke vorzuwagen, weil sie mit einem Werwolf verheiratet war, der für ihre Sicherheit sorgte.

Da es sich um einen Elf handelte, mit dem ich es zu tun hatte, bereitete ich mich auf die Zurückhaltung und gelegentliche Herablassung vor, die typisch für sie war.

„Meine Freundin hat mir dieses Spa empfohlen, und ich wollte vorbeischauen und einen Termin für eine Massage vereinbaren. Nur, dass ich mich nicht erinnern kann, wen meine Freundin mir empfohlen hat.”

Er schwebte zum Schreibtisch und öffnete mit gedämpftem Laut ein dickes Buch. „Hat ihre einzige Freundin einen Namen?”

„Sie ist nicht meine einzige ...” Ich unterdrückte die aufkeimende Streitlust. Wen kümmerte es, wenn dieser anmaßende Elf dachte, ich hätte nur eine Freundin? „Heather Lovelace.”

„Ah.” Seine Augen wanderten schamlos von Kopf bis Fuß und zurück, und er fragte sich zweifellos, was eine Lovelace mit jemandem wollte, der sich so kleidete wie ich (und wahrscheinlich nach Frittierfett roch). Er klappte das Buch zu, ohne es weiter zu untersuchen. „Dann wollte Sie Frankie.”

„Großartig. Würden Sie ihn wissen lassen, dass ich ...” Ich konnte nicht einmal zu Ende sprechen, als Mr. Freundlich unter einem weiteren Wasserfall hindurchglitt und verschwand.

Ich sah mich in der kleinen Sitzecke um. Der Boden war mit schwammigem grünem Moos bedeckt, vermutlich um zu verhindern, dass jemand ausrutschte und fiel und ... klagte? Machten die Leute das hier? Klagen? Gab es in Eastwind Verbraucherschutz? Es musste so sein, sonst würden alle sterben, und zwar nicht wegen Mordes, sondern durch Unfälle.

Wenn ich darüber nachdachte, hatte ich so gut wie nie von einem Unfalltod in Eastwind gehört. Vorsätzliche Todesfälle, oh ja, aber nicht viele versehentliche, abgesehen von gelegentlich fehlgeschlagenen Zaubersprüchen.

Zugegebenermaßen gab es in dieser Stadt viele Todesfälle.

Ich war erst seit vier Monaten hier und brauchte zwei Hände, um die zu zählen, von denen ich gehört hatte. Eastwind war keine große Stadt, vielleicht ein paar tausend Einwohner, daher schien die Sterblichkeitsrate extrem hoch zu sein.

Als eine Frau aus demselben Wasserfall auftauchte, durch den kurz zuvor ihr reizender Kollege verschwunden war, fügten sich auf einmal einige Teile zusammen.

Erstens war Frankie kein Mann.

Zweitens war Frankie die Abkürzung für Francesca.

Vor allem aber war die Person, die Heather regelmäßig im Spa besuchte, keine andere als ihre Schwägerin, Heaths Frau – das andere lächelnde Gesicht auf dem Bild in Veronicas Haus, über das ich mir nicht die Mühe gemacht hatte, irgendetwas in Erfahrung zu bringen abgesehen davon – ich überlegte – dass sie eine Nix war (was auch immer das war) und sie aus gutem Hause kam (was auch immer das bedeutete).

„Hi, ich bin Frankie", sagte sie und streckte anmutig eine Hand in meine Richtung.

„Freut mich, Sie kennenzulernen. Ich bin Nora." Während wir die Hände schüttelten, hatte ich Mühe, entspannt zu bleiben, obwohl so viele Umweltfaktoren darauf abzielten. In meinem Gehirn schrillten die Warnglocken, aber ich hatte noch keine Ahnung, warum. Anders als Intuition. *Etwas* daran war seltsam.

„Sie waren eine Freundin von Heather?", fragte sie leise, neigte ihren Kopf ein wenig und sah mich aus großen türkisblauen Augen an.

„Ja. Relativ neue Freundin. Ich hatte kaum Gelegenheit, sie kennenzulernen, bevor ..." Ich ließ die Worte ausklingen und schlüpfte in die Rolle einer trauernden Freundin, um zu sehen, wie Frankie reagierte.

Sie tat jedoch, was jeder tun würde. Sie ließ den Kopf

hängen und starrte zu Boden. „So schrecklich. Ich vermisse sie so sehr."

„Waren Sie Freundinnen? Außerhalb des Spas, meine ich?"

Ihr Blick schoss hoch und begegnete meinem. „Oh ja. Tut mir leid, ich dachte, sie hätte es erwähnt. Ich bin mit ihrem Bruder verheiratet. Ihrem Zwilling. Sie standen sich, wie zu erwarten, sehr nahe." Sie schlang die Arme um ihren Körper. „Ich habe es noch nicht übers Herz gebracht, es ihm zu sagen."

„Er weiß es noch gar nicht?", fragte ich und täuschte Überraschung vor.

Sie schüttelte den Kopf.

„Oh, Frankie, das tut mir so leid. Sie können nicht für ein paar Tage freinehmen?"

Tandy Erixon hatte keinen einzigen Arbeitstag verpasst, nachdem ihr Freund Bruce Saxon ermordet worden war, und der Grund dafür war, dass sie darüber nicht besonders traurig gewesen war; schließlich war sie diejenige gewesen, die es getan hatte.

„Doch, konnte ich", sagte Frankie. „Ich habe mir ein paar Tage freigenommen. Ich bin heute erst zurückgekommen. Normalerweise arbeite ich sonntags nicht, aber die anderen haben meine Schichten übernommen, also dachte ich, ich komme rein, um Onyx' Abendschicht zu übernehmen, damit er einen freien Abend genießen kann."

Hmm … wieder normales Verhalten. Was störte mich an ihr?

„Sind Sie hier, um über Heather zu sprechen?", fragte sie. „Aeldoran sagte, Sie wollten einen Termin vereinbaren."

Ich versuchte, mich nicht über den Namen des Elfen lustig zu machen, aber angesichts seiner Arroganz empfand ich Genugtuung, dass er einen so dummen Namen hatte. „Ja, ich wollte fragen, ob Sie in zwei oder drei Tagen Zeit für eine Massage haben."

„Lassen Sie uns nachsehen", sagte sie, und die Traurigkeit blieb in ihrer sanften Stimme. Sie ging zu dem dicken Terminbuch, schlug es leise auf und überflog die Seite mit dem Finger.

Ich nutzte den Moment, um meine Gedanken zu sortieren. Hatte Frankie ein Motiv?

Natürlich. Das war offensichtlich. Nachdem Heather aus dem Weg geräumt war, waren sie und Heath die Erben von Veronicas Nachlass. Veronica schien sich sicher zu sein, dass sie das Geld nicht brauchten, aber ich hatte eine Menge wohlhabender Leute kennengelernt, und Gier kannte keine Grenzen. Sie können sich ein Boot leisten? Jetzt wollen Sie eine Yacht. Sie können sich eine Yacht leisten? Jetzt wollen Sie eine private Insel.

Nein, dass jemand Geld besaß, war kein Grund, nicht noch mehr Geld zu wollen. So funktionierte das nicht.

Der nächste Teil, den ich berücksichtigen musste, war, ob sie eine Gelegenheit gehabt hatte, und als ich meine Aufmerksamkeit auf dieses Problem richtete, wurde mir klar, dass es dieses Problem war, das mich so sehr beschäftigt hatte. Frankie hatte an ihrem letzten Tag Zugang zu Heather gehabt, und wir hatten sie nie in Erwägung gezogen. Heather hatte nicht einmal daran gedacht, zu erwähnen, dass es ihre Schwägerin war, die in dem Spa arbeitete, das sie besuchte. Da wir die anderen Möglichkeiten ausgeschlossen hatten, und darin war ich mir ziemlich sicher, war das letzte Versteck für Antworten in dieser wunderschönen, luxuriösen Höhle.

Das Mittel ließ mich jedoch grübeln. Wurde hier Essen serviert? Könnte Heather etwas zum Essen oder Trinken angeboten worden sein, das mit Silber versetzt gewesen war?

„Am Mittwoch würde gehen. Was wäre besser für Sie? Morgens, nachmittags oder abends?"

„Wie bitte?"

„Ihre Pläne am Mittwoch. Welche Zeit passt für Sie am besten?"

„Oh, Abend. Ich arbeite morgens und am frühen Nachmittag."

„Perfekt. Dann halten wir das fest. Wie ist Ihr Nachname, Nora?"

„Ashcroft." Ich lächelte und versuchte, mir meine Angst nicht anmerken zu lassen. „Mann, ich bin am Verhungern", bemerkte ich.

Sie trug meinen Namen in das Buch ein, reagierte aber nicht auf meine Worte.

Also versuchte ich es noch einmal, diesmal jedoch viel weniger subtil. „Ich habe einen langen Weg zurück vor mir. Gibt es hier im Spa zufällig, ähm, Snacks oder Schokolade oder sowas, damit ich unterwegs nicht zum Essen anhalten muss?"

Nachdem sie das Terminbuch sorgfältig wieder geschlossen hatte, sah sie mich mit leicht gerunzelter Stirn über den Schreibtisch hinweg an. „Ich fürchte nein. Zwei Türen weiter gibt es allerdings eine Konditorei, die köstliches Gebäck hat. Sie könnten einfach da vorbeischauen und ..."

„Nein, nein, schon gut." Ich winkte ab. „Vielleicht etwas zu trinken?"

Jetzt sah sie mich an, als wäre sie sicher, dass ich verrückt sei. „Wir haben nur mit Glitzerbeeren angereichertes Wasser für unsere Kunden. Ich fürchte, wir haben nicht –"

„Oh! Das wäre großartig! Vielen Dank, Frankie."

„Ähm." Sie biss sich auf die Lippe.

Ich hatte ihr Unbehagen bereitet, aber sie lehnte nicht ab. Stattdessen lächelte sie und sagte: „Okay, einen Moment", bevor sie durch den Wasserfall eilte. Als sie einen Moment später zurückkam, hatte ich genug Zeit gehabt, zu erkennen, wie dumm das war. Wenn es das Wasser war, das Heather vergiftet hatte, war es nicht so, dass Frankie ihre Spuren nicht verwischen würde. Sie würde nicht immer tödliche Mengen Silber in die Getränke ihrer Kunden mischen.

Sie reichte mir das Wasser in einem kleinen Glas, das mich an eine Christbaumkugel mit abgeschnittenem Aufhänger erinnerte, ähnlich dem, in dem Tandy mir in Echo's Salon den Citrus Blast serviert hatte, und ich trank es und schmeckte nach Hinweisen auf einen metallischen Geschmack.

Aber das Einzige, was ich schmeckte, waren köstliche Glitzerbeeren. „Oh wow, das ist großartig!", sagte ich und starrte ungläubig auf das leere Glas.

Frankie lächelte. „Ja, es ist ein großer Hit bei unseren Kunden. Wir haben es immer da. Früher haben wir andere Aufgüsse serviert, aber dieser wurde sofort unser Lieblingsgetränk, also machen wir die anderen gar nicht mehr."

„Wie lange schon?"

„Oh, seit ungefähr zwei Jahren. Seitdem habe ich nie mehr zurückgeschaut."

„Ich verstehe, warum. An Ihrer Stelle würde ich alles selbst trinken."

Sie nickte. „Ja, das habe ich einmal gemacht, und Aeldoran war nicht glücklich darüber, dass er mehr machen musste, bevor unser zweiter Kunde des Tages angekommen war. Ich halte mich jetzt ganz davon fern."

„Gute Entscheidung", antwortete ich. „Wenn Sie so sind wie ich, weckt ein bisschen Gutes in Ihnen nur die Lust auf mehr."

„Ja", sagte sie, und ihr Lächeln wurde breiter. „Sieht so aus, als hätten Sie mich durchschaut."

Kapitel Zehn

„Tanner!", rief ich und packte ihn am Bizeps, nachdem ich ins Medium Rare gestürmt war. „Ich muss mit dir reden."

„Whoa, whoa, whoa", sagte er und versuchte, zu verhindern, dass die Kaffeekanne angesichts des plötzlichen Rucks umkippte. „Was ist so dringend? Oh, warte." Sein Gesicht wurde ernst. „Bitte erzähl mir nicht, dass ich in Veronicas Testament stehe." Seine Augen wurden schmal, als er das Gesicht verzog. „Ich schwöre! *Warum* machen die Leute das immer wieder? Es ist, als ob sie wollen, dass ich verdächtigt werde, sie ermordet zu haben!" Er stellte die Kanne etwas zu hart auf die Arbeitsfläche, und der Inhalt schwappte aus dem Ausgießer.

„Ganz ruhig", sagte ich. „Du stehst nicht in ihrem Testament, oder zumindest glaube ich nicht, dass du erwähnt wirst. Warte, du arbeitest doch nicht am Wochenende für sie, oder?" Ich dachte an Barty und das seltsame Repertoire an Diensten, die er der Witwe leistete. Nein, Tanner würde das nicht tun.

Oder?

„Nein. Obwohl", er beugte sich vor und sagte leise, „Ich

liefere ihr das Essen ohne zusätzliche Gebühr. Es schien mir einfach das Richtige zu sein, weißt du? Denn sie muss ihr Essen liefern lassen, weil jemand sie vergiftet."

Ich verdrehte die Augen. „Sie ist reich, Tanner. Du musst ihr keinen Rabatt geben. Außerdem ist das genau die Art von selbstlosem Verhalten, die dich eines Tages ins Gefängnis bringen wird, wenn du im Testament der falschen Person landest."

Er runzelte die Stirn. „Du hast recht. Ich muss damit aufhören."

„Definitiv."

„Oh!", sagte er und erinnerte sich. „Erzähl niemandem, dass das Essen für Veronica ist. Sie will nicht, dass sich die Tatsache, dass sie ab und zu hier bestellt, in der Stadt herumspricht, also habe ich ihr versprochen, es diskret zu behandeln."

Fänge und Klauen. „Hast du mit ihr gesprochen?"

„Nur per Eule. Wir haben mit den Bestellungen sozusagen hin und her geschrieben."

Ich sah ihn mit zusammengekniffenen Augen an. „Oh, seid ihr beide jetzt Brieffreunde?"

„Ich bin mir nur bedingt sicher, ob ich weiß, was das ist, aber ja, ich glaube, wir sind Brieffreunde."

Kannte seine Aufmerksamkeit keine Grenzen? Es war gleichzeitig nervig und sexy.

Aber in diesem Fall war diese Tugend nützlich. „Wie geht's ihr?"

Er schüttelte düster den Kopf. „Nicht gut. Es scheint, als würde es mit ihr bergab gehen. Schwindel wird schlimmer. Kopfschmerzen. Verschwommene Sicht."

„Dann haben wir nicht viel Zeit." Ich packte sein Handgelenk und führte ihn in die Küche, wo wir mehr Privatsphäre hatten. Als wir bei geschlossener Tür im Büro waren, erzählte ich ihm, was ich im Atlantis Day Spa erfahren hatte.

„Aber ich glaube nicht, dass sie dort außer dem mit Glitzerbeeren angereicherten Wasser etwas gegessen oder getrunken hat. Vielleicht überdeckt die Frucht den Geschmack von Silber.”

„Es gibt einen einfachen Weg, diese Frage zu beantworten”, sagte er.

Ein paar Minuten später erhob sich die Briefeule von ihrem Messingsitz an der Hintertür des Medium Rare und brachte die Frage zu Ruby.

„Wenn sie zu Hause und wach ist”, sagte er, „sollten wir in wenigen Minuten eine Rückmeldung bekommen.”

„Diese Eulen spielen nicht.”

„Nein, das tun sie nicht.”

„Und du bist sicher, dass niemand sie abfangen kann?”

„Nein. Das Postnetz von Eastwind ist von so vielen Schutzzaubern umgeben, die Jahrhunderte alt sind, dass nicht einmal alle Hexen in Eastwind einer Eule Schaden zufügen oder sie manipulieren könnten. Sie sind unantastbar.”

„Ich muss ehrlich sein”, sagte ich. „Ich mache mir Sorgen, dass Heather das Wasser nicht getrunken hat. Was dann?”

Er legte eine Hand auf meine Schulter. „Warten wir auf eine Antwort von Ruby, bevor wir uns Sorgen machen.”

Aber als wir ein paar Minuten später eine Rückmeldung erhielten, war die Antwort genau die, die ich befürchtet hatte. Ich spähte über Tanners Schulter, während wir auf der Treppe hinter dem Restaurant standen, direkt neben der Eulenstange, um die Antwort zu lesen. In Rubys geschwungener Handschrift stand da nur: „Sie hat im Spa nichts getrunken.”

„Mist”, sagte ich und starrte auf das Papier in Tanners Händen. „Sackgasse.”

Er presste die Lippen aufeinander und kniff die Augen

zusammen, während er in die Gasse starrte. „Nein, nicht unbedingt."

Ich horchte auf. „Was meinst du?"

Er richtete seine Aufmerksamkeit auf mich, und in seinen haselnussbraunen Augen lag eine intensive Erregung. „Du vergisst, dass Heather eine Weile schwindelig war, bevor sie überhaupt an diesem Nachmittag in das Spa gegangen ist. Erst nachdem sie dort war, ist sie gestorben. Das bedeutet, dass irgendetwas sie schon seit einer Weile vergiftet und sie vielleicht einfach dort die letzte tödliche Dosis bekommen hat."

Ich spürte, worauf er damit hinaus wollte, aber mein Verstand hatte es noch nicht in Worte gefasst. „Sie hat da aber nichts gegessen oder getrunken."

„Ich habe von dieser Fee gehört, die durch das Einatmen von Eisenstaub gestorben ist. Offenbar kam sie der Werkstatt eines Schmieds zu nahe, als dieser gerade Eisen gefeilt hat. Feen können Eisen nicht berühren, ohne dass es ihnen schadet, genau wie Werwölfe Silber, also sind sie schlau genug, sich davon fernzuhalten. Es heißt, sie war windabwärts vom Amboss, an dem der Schmied gearbeitet hat, und das Einatmen des Staubs hat ausgereicht, um sie zu töten."

„Glaubst du, Heather hat Silberstaub eingeatmet?"

Er zuckte mit den Schultern. „Keine Ahnung. Ich weise nur darauf hin, dass es andere Möglichkeiten gibt, vergiftet zu werden."

Ich dachte darüber nach, dann nahm endlich, *endlich* eine Theorie Gestalt an. „Tanner, was genau passiert, wenn ein Werwolf Silber berührt?"

„Es brennt. Und wenn sie es zu lange berühren, kann es bleibende Spuren auf ihrer Haut hinterlassen."

All die jahrelangen, auf Panikmache basierenden Verbraucherberichte in den Nachrichten zahlten sich endlich aus. „Was, wenn es nur wenig Silber wäre?" Ich rechnete nicht damit, dass er eine Antwort hatte. Ich sprach es einfach laut aus, um mir durch den gedanklichen Prozess zu helfen. „Das würde wahrscheinlich nur ganz wenig brennen, aber nicht mehr, als Frauen es von Cremes und Lotionen gewohnt sind."

„Äh, ich denke nicht. Ich weiß nicht viel über Cremes und Lotionen für Frauen. Worauf willst du hinaus, Nora?"

Ich hatte die Lösung. Ich wusste, dass ich sie hatte. „Sie hat es nicht eingenommen, sie hat es absorbiert! Tanner! Das ist es!" Ich warf meine Arme um ihn und hätte ihn fast geküsst, bevor ich mich fing und zurückzog.

„Ich glaube nicht, dass ich verstehe, was du meinst", sagte er und grinste wie ein Idiot. „Aber ich freue mich, dass du glücklich bist."

Ich zerrte ihn zurück in die Küche und hielt inne. „Ich verstehe, dass du gerade genau genommen arbeitest, aber du musst mir einen Gefallen tun."

„Ja, kein Problem. Jane kann für eine Weile übernehmen."

„Bring Veronica das Essen persönlich. Richte ihr von mir aus, sie soll sofort duschen und nicht das benutzen, was Heather ihr zum Geburtstag geschickt hat. Oh, und wenn sie dich zum Duschen einlädt, was nicht ausgeschlossen ist, wenn ich ehrlich bin, dann sag einfach Nein, okay? Dann soll sie im Atlantis-Spa anrufen und sagen, dass sie gerne noch eine Flasche oder einen Tiegel von dem bestellen würde, was Heather ihr geschenkt hat, und dass sie mich schickt, um es abzuholen. Alles verstanden?"

Er nickte entschlossen. „Ich verstehe, was du gesagt hast, aber nicht, warum."

„Weil sie einen Diener hat, der auch ihr Liebhaber sein könnte."

„Was?"

„Bartholomew. Barty. Ich bin mir ziemlich sicher, dass er ihr Spielzeug ist."

Tanner schüttelte langsam den Kopf. „Ich kann dir nicht folgen."

Reiß dich zusammen, Nora! „Vergiss den Teil mit der Dusche. Kannst du dich an die anderen Dinge erinnern?"

„Du machst dir Sorgen, dass ich mit Veronica Lovelace duschen könnte?" Seine Verwirrung wich Belustigung. Es fühlte sich ein bisschen so an, als würde er mich auslachen.

„Nein. Ich meine, mach, was du willst", sagte ich schnell und war etwas verwirrt darüber, wie wir hier gelandet waren. „Sag ihr, sie soll duschen – ob du mit ihr duschen willst, liegt ganz bei dir –"

„Ich mag es, wenn sie ein bisschen älter sind", sagte er und unterdrückte ein Grinsen.

Ich beschloss, so zu tun, als hätte ich das nicht gehört. „Und dann soll sie im Spa anrufen und ..."

„Ja, den Rest habe ich verstanden. Sie soll mehr von dem Zeug bestellen, und du holst es ab. Ich verstehe einfach nicht, warum das wichtig ist."

„Schon gut." Ehrlich gesagt war ich einfach nur froh, dass wir die Dusche hinter uns gelassen hatten. „Tu einfach, worum ich dich bitte; du musst nicht verstehen, warum."

„Absolut. Und wo gehst du hin?"

„Ich muss noch ein paar Erledigungen machen, bevor ich zum Spa fahre."

„In einer Zeit wie dieser?", sagte er und kämpfte gegen ein Grinsen. „Wir sind dabei, einen Mörder zu fassen, und du gehst dich entspannen."

„Sehr witzig." Ich drehte mich zur Tür zum Gastraum um, hielt aber inne, als ich spürte, wie sich seine starken Finger um mein Handgelenk legten. Ich sah in seine Augen, und die Unbeschwertheit von gerade eben war verschwunden.

Er kam näher, unsere Körper waren nur wenige Zentimeter

voneinander entfernt. „Ich kann nicht anders, als zu glauben, dass du gleich was Gefährliches machen wirst, Nora."

Ich nickte, sprachlos, weil ich aufgrund des Glanzes in seinen Augen sicher war, dass es gleich passieren würde. Endlich. Tanner Culpepper wollte mich küssen.

Er beugte sich vor, und ich schloss die Augen.

Aber nichts geschah.

Ich öffnete ein Augenlid, öffnete schnell das andere und starrte auf einen Gegenstand, den er zwischen uns in der Hand hielt.

Ein Salzstreuer. „Du hast gesagt, sie ist eine Nix, oder?", fragte er.

„Ja."

„Was weißt du über Nix?"

„Ähm …" Verdammt. „Nichts", gab ich zu.

„Wenn du vorhast, was Gefährliches zu tun, empfehle ich dir, langsamer zu machen und erst einmal herauszufinden, womit du es zu tun hast. Ich will nicht, dass du verletzt wirst."

„Okay, okay. Kennst *du* dich mit Nix aus?"

Er nickte. „Ja. Ja, das tue ich. Sie sind Süßwassergeister, die menschliche Gestalt annehmen. Willst du wissen, wie du dich gegen sie verteidigen kannst? Lass mich dir einen Tipp geben."

Er wedelte mit dem Salzstreuer vor meinem Gesicht, und ich nahm ihn und steckte ihn in die kleine braune Umhängetasche, in der ich meinen Geldbeutel aufbewahrte. „Salz. Verstanden. Musst du mir sonst noch irgendwas sagen, bevor wir losmachen?" Dringlichkeit pulsierte durch meinen Blutkreislauf. Jede Sekunde, die verging, ohne dass sie gewarnt wurde, fühlte sich an wie ein Schritt näher an die Katastrophe für Veronica.

Nachdem er konzentriert an seiner Unterlippe gekaut hatte, sagte er: „Ich sollte dir noch viel mehr sagen, aber es ist nichts, was nicht warten kann."

Mein Herz machte einen Satz in meiner Brust. Aber das war wahrscheinlich nur das Adrenalin, oder?

Ich drehte mich um, um zu gehen, und er rief mir hinterher: „Bring den Salzstreuer zurück, sonst ziehe ich ihn von deinem Gehalt ab!"

Ich lachte und eilte hinaus. Es gab einen Geist – und ein paar Männer –, mit denen ich persönlich reden musste.

Kapitel Elf

Ruby war nicht begeistert von der aufgeregten Art und Weise, wie ich ihr Haus betrat. Sie blickte von ihrem bequemen Sessel in der Ecke zu mir auf, als die Haustür in den Angeln bebte. „Tut mir leid", sagte ich. „Ich bin in Eile."

„Das verstehe ich, aber darf ich sagen, dass es nichts gibt, was dich zwingt, dich so sehr zu beeilen, dass du die Tür deiner Vermieterin einreißt?" Sie klappte das Buch zu, das sie gerade las, und legte es auf den Beistelltisch.

„Wo ist Heather?", fragte ich. „Ich muss mit ihr sprechen."

„Eine Pause von der Sichtbarkeit machen, denke ich. Vielleicht zwischen den Welten wandern."

Ruby war nicht besonders hilfreich.

Grim drängte sich an mir vorbei ins Haus. „Oh, *beim heiligen Wolpertinger!*" Er ließ sich neben den blauen Flammen am Kamin nieder. „Diese Hitze wird noch mein zweiter Tod sein."

Beim Spaziergang vom Medium Rare hierher hatte ich die Hitze kaum bemerkt. Die Nachmittagssonne ging am Himmel unter, und ich hatte andere Dinge im Kopf, während ich nach Hause eilte.

„Wie bringen wir Heather dazu, zurückzukommen?"

Wortlos schlurfte Ruby zu der Kupferschüssel, die immer noch mit den zerkleinerten Kräutern und Beeren des Ankerzaubers gefüllt war, und brachte sie zusammen mit einem kleinen Kupferstab zum Wohnzimmertisch. „Pass gut auf", sagte sie und führte den Stab an den Rand der Schüssel, bevor sie ihn in langsamen Kreisen um den Rand herum bewegte. Nach einem halben Dutzend Kreisen hallte ein leises Klingeln durch den Raum und wurde immer lauter, je schneller Ruby den Stab kreisen ließ.

Dann erschien plötzlich Heather und lachte manisch. „Oh bitte! Hör auf! Bitte, bitte! Das kitzelt!"

Ruby nahm den Stab von der Schüssel, und das Klingeln verklang langsam. „Du wirst gebraucht", war alles, was sie sagte, bevor sie zu ihrem Sessel zurückging und ihr Buch aufschlug.

Heather sah mich an. „Ja? Du hast neue Informationen?"

„Eine Menge. Die Hautcreme, die du vom Atlantis Day Spa hast. Frankie hat sie dir verkauft, oder?"

„Oh ja, sie mischt sie für mich. Für sowas hat sie ein Talent. Sie geht auch auf Sonderwünsche ein. Ich bevorzuge den Duft von Eukalyptus und Orangenblüten, aber meine Mutter mag lieber Kiefer und Rosmarin, also kann ich jeden Duft bestellen und Frankie mischt sie mit einer Basis, die sie selbst kreiert."

„Und als du die Gesichtscreme aufgetragen haben, hat es geprickelt? Vielleicht sogar ein bisschen gebrannt?"

Heather kniff die Augen zusammen. „Ja, das hat es. Aber ich bin davon ausgegangen, dass das bedeutete, dass sie wirkt."

„Oh, sie hat gewirkt, aber nicht so, wie du es dir erhofft hast."

„Ich bin mir nicht sicher, ob ich –"

„Silber", sagte ich. „Frankie hat Silberpulver in deine Gesichtscreme gemischt. Nicht genug, um dich sofort zu töten, nur genug, um ein bisschen zu brennen und dich mit der Zeit, wenn dein Körper immer mehr absorbiert, krank zu machen. Und dann immer kränker. Und dann" – ich deutete mit der Hand auf ihre geisterhafte Gestalt – „hier bist du."

Ihre Hand schoss zu ihrem Mund. „Oh nein! Du denkst … aber warum sollte Frankie meinen Tod wollen?"

„Aus demselben Grund, warum sie den Tod deiner Mutter will."

„Meine Mutter …?" Sie war ein bisschen langsam von Begriff, aber andererseits nahm ich an, dass es normal war, da ich sie gerade aus ihrem Geisterschlaf geweckt hatte. „Meine Mutter! Oh nein! Das Geburtstagsgeschenk!"

„Ja. Leider hast du es Frankie ziemlich leicht gemacht, zur zweiten Phase ihres Plans überzugehen, indem du ins Spa gegangen bist, um das Geschenk deiner Mutter zu holen, anstatt ihr ein neues Outfit zu kaufen."

„Geht es ihr gut? Oh nein! Wir müssen es ihr sagen!"

„Sie ist krank, aber ich habe Tanner schon zu ihr geschickt, damit er sich darum kümmert."

„Was habe ich getan?", hauchte sie.

„Wir können uns später in Selbstmitleid suhlen, Heather. Aber jetzt musst du mit mir kommen." Ich wandte mich Ruby zu, die nicht sehr gut darin war, so zu tun, als würde sie lesen, und nicht gespannt zuhören, während ich den Mord aufklärte. „Du hast gesagt, es gibt einen Weg, den Anker aufzuheben. Wie mache ich das?"

Ruby blinzelte mich ein paarmal an. „Das ist nicht so schwer", sagte sie. „Du leerst einfach die Schüssel aus."

„Einfach die Schüssel … Fänge und Klauen! Das ist alles?"

„Ja." Sie nickte und zog ungeduldig die Augenbrauen hoch.

„Das ist alles. Magie muss nicht immer kompliziert sein." Sie blickte wieder auf ihr Buch. „Wirf es einfach ins Feuer, damit die Nachtschleier verbrennen."

Ich musste den schlafenden Grim und Clifford mit meinen Füßen zur Seite schieben, um den Inhalt der Schüssel in die Flammen zu leeren, aber sobald ich es tat, stöhnte Heather. „Oh, das fühlt sich so viel besser an."

„Großartig. Komm mit mir. Grim, du auch."

„Auf keinen Fall."

„Oh, komm schon. Was kann ich tun, um dich zu überzeugen?"

„Nichts. Das Einzige, was du für mich tun kannst, ist, diese Ermittlungen abzuschließen, damit ich meinen Urlaub in den Deadwoods verbringen kann."

Ich hatte keine Zeit dafür. *„Gut, du gewinnst diese Runde. Aber nächstes Mal —"*

„Ja, ja. Wir werden diese Todesfalle einer Brücke überqueren, wenn wir dort ankommen."

Ich öffnete die Haustür, die in den Angeln knarrte (wahrscheinlich zum Teil meine Schuld nach meinem schwungvollen Auftritt zuvor), und Ruby rief mir nach: „Viel Glück! Versuch, dich nicht umbringen zu lassen!"

Deputy Manchester aufzuspüren war nicht leicht, und ich musste dafür Jingo, den Kobold am Empfang im Büro des Sheriffs, anflehen, mir bitte zu verzeihen, dass ich vor vier Monaten zugelassen hatte, dass Grim an seinen Schreibtisch gepinkelt hatte (er war immer noch nicht darüber hinweg). Nachdem ich versprochen hatte, dass es nie wieder passieren würde, und ein starkes Argument dafür vorgebracht hatte, dass Grim damals noch nicht stubenrein gewesen war, sich jetzt aber zu benehmen wusste, lenkte Jingo ein und sagte, er würde eine Eule schicken, um Stu zu finden, der schon nach Hause gegangen war. Aber er hatte bis zum Morgen Bereitschaftsdienst, da er der einzige Deputy in Eastwind war.

Hatte ich ein schlechtes Gewissen, weil ich Stu Manchester aus dem Bett holte? Nein. Ich war im Begriff, ihm einen weiteren aufgeklärten Mord auf dem Silbertablett zu servieren. Ich war mir sicher, dass er das Lob dafür einheimsen würde, aber für mich war das in Ordnung. Ich brauchte kein Lob. Ich wollte nur, dass die Sache gelöst wurde, damit Heather weiterziehen konnte.

„Sagen Sie ihm, dass mir bewusst ist, dass er den Tod als Selbstmord eingestuft hat, aber wenn er in etwa einer Stunde ins Atlantis Day Spa kommen und dort auf mich warten könnte, werde ich ihm liefern, was er braucht, um das Gegenteil zu beweisen.“

Jingo presste die Lippen aufeinander und schrieb die Nachricht. „Ich kann nichts versprechen.“

Das war nicht gut genug. Ich war persönlich ins Büro des Sheriffs gekommen, anstatt selbst eine Eule zu schicken, weil ich wusste, dass die Eulen hier speziell für Notfälle geschult und die Besten der Besten darin waren, die Empfänger zu finden und sie auf eine neue Nachricht aufmerksam zu machen, egal wie tief und fest der Empfänger schlief.

Ich griff in die Tasche meiner Caprihose und tastete herum, bis ich eine Handvoll Münzen fand, die ich herauszog. Ich fischte zwei Goldmünzen heraus und starrte sie wehmütig an, bevor ich sie Jingo anbot. „Für den Ärger mit dem Schreibtisch. Keine Bestechung. Nur eine Entschädigung für Grims überaktive Blase.“

Er beäugte die Münzen gierig, bevor er sich umsah, um sicherzustellen, dass Sheriff Bloom nirgends zu sehen war. Dann riss er sie mir aus der Hand. „Das sollte die Tiefenreinigung fast abdecken.“ Ich befürchtete, er könnte mehr verlangen, aber stattdessen fügte er hinzu: „Ich schicke die beste Eule, die wir haben.”

„Danke”, sagte ich, bevor ich mich umdrehte und versehentlich durch Heather ging, von der ich vergessen hatte, dass sie hinter mir stand. Ich schauderte und murmelte eine Entschuldigung.

Eines Tages würde ich daran denken, Ruby zu fragen, wie sie in dieser Branche ein kleines Vermögen angehäuft hatte. Alles, was ich zu tun schien, war Geld auszugeben, ohne welches zu verdienen.

Das würde allerdings warten müssen. Vor dem Spa musste ich noch einen Zwischenstopp einlegen. Ich freute mich nicht darauf, aber ich wusste, dass Heather das nicht würde verpassen wollen.

Kapitel Zwölf

Heathers Anwesen in Hightower Gardens war für jeden Hausbesitzer ein lohnendes Ziel. Im Vergleich zu Veronicas Haus war es jedoch eine Hütte.

Das Grundstück war höhenmäßig am tiefsten Punkt der Gemeinde und hatte nicht den herrlichen Ausblick auf den Rest von Eastwind.

Aber es war trotzdem schön. Es war von einem üppigen Garten umgeben – ein Nebenprodukt von Lucents Job im Gartencenter, vermutete ich. Am Anfang des Gehwegs, der zur Haustür führte, standen zwei Steinwölfe, genau wie die vor Veronicas Haus, nur kleiner, nicht viel größer als ein normaler Briefkasten.

„Wird er zu Hause sein?", fragte ich. Es war halb sieben, und die Sonne näherte sich dem Horizont, was mich daran erinnerte, dass wir uns beeilen mussten, wenn wir das Spa erreichen wollten, bevor es um halb acht schloss.

„Die Chancen stehen fünfzig zu fünfzig, würde ich sagen. Aber wenn er nicht hier ist, ist er im Pub. Es sollte so oder so nicht schwer sein, ihn aufzuspüren."

Ich bezweifelte, dass wir Zeit für einen weiteren Stopp haben würden, selbst wenn es nur in Sheehan's Pub wäre. Hoffentlich hatte Lucent sich entschieden, an diesem Abend nicht zu trinken, oder es zumindest in der Gemütlichkeit seines Zuhauses zu tun.

Ich klopfte an die Haustür und wartete, wobei meine Gedanken schon auf den schnellsten Weg zum Pub gerichtet waren.

Die Tür schwang auf, und Lucents wilde Augen starrten mich an. „Kein Interesse", sagte er.

„Was?"

Er musterte mich von oben bis unten. „Du bist auf eine unanständige Nacht aus, oder? Kein Interesse."

„Ich ... was? Nein! Das ist nicht der Grund, warum ich hier bin."

Aber wer zum Teufel war er, zu sagen, dass ich nicht gut genug für ihn war? Er war nur eine Vier, vielleicht eine Fünf, wenn er frisch geduscht war. Ich war mindestens fünf Komma fünf.

„Warum klopfst du sonst bei Sonnenuntergang an die Tür eines Witwers? Was ist dein Problem? Reicht es nicht, mich bei der Arbeit zu belästigen?"

„Lucent!", tadelte Heather ihn, obwohl er sie nicht hören konnte.

Also wiederholte ich ihre Worte. „Lucent! Schluss damit! Ich weiß, wer der Mörder ist, aber ich brauche Ihre Hilfe. Die Beweise sind in Ihrem Haus, und wenn ich sie finde, kann ich sie Deputy Manchester geben und ihn überzeugen, dass Ihre Frau nicht Selbstmord begangen hat."

Er schwankte. Oh. Er *hatte* getrunken. Das war mir bis eben nicht aufgefallen. Zu meiner Verteidigung muss ich sagen, dass er nicht der angenehmste Typ war, wenn er nüchtern war, falls er es bei der Arbeit gewesen war, was, wenn ich darüber nachdachte, nicht allzu wahrscheinlich war. Nicht nach dem, was Grim über seinen Silbergeruch gesagt hatte.

„Deputy Manchester hat den Kopf so voller Einhornäpfel, dass ihm Regenbögen aus den Ohren kommen", sagte er.

„Das würde ich ... nicht sagen. Aber okay! Lassen Sie es uns beweisen. Ich muss mich nur kurz drinnen umsehen."

„Hört sich an, als wären wir im selben Team. Kommen Sie rein." Er trat zur Seite, und ich eilte vorbei, wobei ich einen Hauch von abgestandenem Bier in seinem Atem wahrnahm.

„Oben", sagte Heather und zeigte mir den Weg. Ich eilte die große Treppe hinauf, die oben in zwei Richtungen abzweigte. „Nach rechts."

In einem anderen Kontext hätte ich es vielleicht genossen, mir die Zeit zu nehmen und die vielen Designdetails dieses atemberaubenden Hauses wertzuschätzen, aber nicht jetzt. Nicht, wenn ich so unter Zeitdruck stand, die Beweise zu finden *und* Heather und Lucent einen letzten Moment zum Abschied zu ermöglichen, bevor sie weiterzog, vorausgesetzt, Deputy Manchester tat, worum ich ihn gebeten hatte, und kam rechtzeitig ins Atlantis Day Spa. Andernfalls könnte Heather noch eine Weile zwischen den Welten festsitzen.

Ich schauderte bei dem Gedanken, was passieren würde, wenn ich diesen Plan in die Tat umsetzte, der Mörderin die Beweise offenbarte und dann niemanden hätte, der mich beschützte, wenn ich ihn brauchte.

„Da." Heather zeigte auf einen kleinen cremefarbenen Tiegel auf ihrem Badezimmerwaschtisch. Auf der Oberseite prangte das Atlantis-Logo mit der Andeutung einer Welle. Ich nahm den Tiegel und öffnete ihn. Die Gesichtscreme sah aus wie jede andere, die ich je gesehen hatte, was bedeutete, dass ich kein Silber sehen konnte. Aber es wäre von Frankies Seite dumm gewesen, wenn sie es so offensichtlich gemacht hätte, und sie kam mir nicht unintelligent vor.

„Es wird dir nicht schaden", sagte Heather. „Es sei denn, sie hat was hineingemischt, das für ein Medium giftig ist."

Ich wandte mich ihrer schwebenden Gestalt zu. „Was zum Beispiel?"

Sie zuckte mit den Schultern. „Oh, ich weiß nicht. Solltest du das nicht wissen?"

Ja, sie hatte recht. Noch ein Punkt auf meiner ständig wachsenden To-do-Liste. Oder besser gesagt, meine To-know-Liste. Jetzt, wo ich tot und in Eastwind war, zu lernen, wie mein Körper funktionierte, war, als wäre ich wieder ein Teenager, und das war natürlich schrecklich. Niemand will diese Tage noch einmal durchmachen müssen.

„Wir müssen noch was tun, Heather", sagte ich. „Wenn alles nach Plan läuft und wir beweisen können, dass Frankie für deinen Tod verantwortlich ist, wirst du weiterziehen."

„Wohin?", fragte sie leise.

„Ich wünschte, ich könnte es dir sagen. Ins nächste Leben? Aber bevor du dich diesem Rätsel stellst, haben wir noch ein bisschen Zeit, damit du dich verabschieden kannst."

Sie senkte traurig den Kopf. „Es ist fast einfacher, das nicht zu machen."

„Das bedeutet nicht, dass es so besser ist."

„Du hast recht."

Sie folgte mir zurück die Treppe hinunter, wo Lucent wartete, sich am Geländer festhielt und mich anstarrte. „Haben Sie gefunden, was Sie brauchen?"

Ich hielt den Tiegel hoch und wedelte damit. „Ja. Aber da ist noch was."

„Ja?"

Ich sah mich nach einer besseren Stelle um. „Lassen Sie uns, ähm, uns hinsetzen?"

„Da sage ich nicht Nein", erwiderte er und führte mich durch ein Esszimmer und in die Küche, die, erhellt von den letzten Strahlen des Tagessonnenlichts, die durch die Fenster hereinströmten, so hübsch dekoriert war, dass es Pinterest in die Luft gejagt hätte, wenn jemand aus meiner Welt das Glück gehabt hätte, mit einer Kamera hierherzukommen.

„Wo ist Reatta?", fragte ich.

„Hat Feierabend gemacht." Er lachte trocken. „Sie schätzt meine Gewohnheiten nicht, deshalb macht sie das Abendessen früh, bevor ich mit dem Trinken anfange, und lässt es mir mit Anweisungen zum Aufwärmen da." Er schlug heftig auf den Tisch, sodass ich zusammenzuckte. „Ich verliere meine Frau, also bleibt mir nur noch ihr Geld, und ich kann damit nicht einmal warme Mahlzeiten bekommen?" Seine Stimme brach. „Ich wusste immer, dass Geld am Ende wertlos ist." Er presste die Lippen zu einem dünnen Strich zusammen, und seine Nasenflügel bebten.

Armer Lucent. Er war fertig. Und was ich jetzt einleiten wollte, würde es nicht besser machen. Zumindest zunächst nicht. Mit der Zeit, ja, denn ich glaubte, dass es ihm weiter-helfen würde.

„Es gibt etwas, das Sie über mich wissen sollten, Lucent."

Er starrte mich finster an, seine Augen waren schmale Schlitze voller Misstrauen. Ich musste den Gedanken schnell zu Ende bringen, sonst könnte er mir Vorwürfe (und andere, körperlichere Dinge) entgegenschleudern, bevor ich mich erklärte.

„Ich bin ein Medium. Eine Hexe des Fünften Windes. Das bedeutet, dass ich mit Geistern sprechen kann. Sie kommen zu mir, wenn sie meine Hilfe brauchen, und Ihre Frau ..."

Seine Augen glitzerten schon. „Ist sie hier?"

„Ja."

„Oh, mein armer Lucent", sagte sie. „Sag ihm, wie sehr ich ihn liebe. Sag ihm, dass ich ihn niemals absichtlich verlassen hätte."

Ich schluckte den Kloß in meinem Hals herunter und tat, was Heather verlangte, während ich Lucent aufmerksam beobachtete.

Aus irgendeinem Grund erwartete ich immer noch, dass die Leute an meinen Fähigkeiten zweifelten. Aber das hier war nicht Texas. Es war Eastwind. Jeder konnte ungewöhnliche Dinge tun. Aber es war trotzdem eine Erleichterung, als er mich ernstnahm.

„Können Sie ihr etwas von mir sagen –"

„Sie kann Sie hören", sagte ich. „Sagen Sie es ihr." Ich deutete auf den Platz, den sie neben mir eingenommen hatte, um ihm zu zeigen, wohin er seine Antwort richten konnte.

Er nickte und starrte auf den scheinbar freien Platz. „Heather, Baby. Ich vermisse deinen Körper. Ich vermisse es, meine Pfoten über die glatten, nackten Kurven deiner …"

„Ähm", unterbrach ich und hob einen Finger, „lassen Sie uns das vielleicht anders machen. Haben Sie ein Blatt Papier und einen Stift da?"

Er sprang auf, holte etwas aus der Ecke der Küche – vielleicht vom gleichen Block, den Reatta für seine Aufwärmanweisungen benutzte – und ließ sich wieder auf seinen Stuhl fallen.

„Schreiben Sie einfach auf, was Sie denken", sagte ich ihm, „und dann zeigen Sie ihr das Papier."

Als er hektisch zu kritzeln begann, gratulierte ich mir selbst, dass ich gerade nochmal so davongekommen war, und mir die detaillierte Nacherzählung des Sexuallebens dieser beiden Werwölfe erspart blieb. Wenn ich sagen müsste, welche seiner Worte mir verraten hatten, dass wir auf dem besten Weg zu einer ernsthaft nicht jugendfreien Konversation waren, würde ich „Pfote" und „nackte Kurven" wählen.

Doch dann fiel mir das Offensichtliche ein. Selbst wenn ich nicht lesen müsste, was Lucent geschrieben hatte, würde

Heather trotzdem antworten. Und da sie keinen Stift halten konnte, musste ich für sie sprechen.

Gab es einen Weg, das zu umgehen?

Eine seltsame Erinnerung stieg auf, obwohl ich mir ziemlich sicher war, dass es nicht meine eigene war. Vielleicht war es etwas aus einem Film, den ich gesehen hatte? Nein. Es fühlte sich realer an, und ich konnte nicht genau sagen, woher es kam. Vielleicht war es doch keine Erinnerung.

Das Bild, das ich sah, war das einer Frau in einem schweren Kleid, die an einem alten hölzernen Zeichentisch in einem staubigen und schwach beleuchteten Raum saß, während ihre Hand einen Federkiel hielt und etwas auf ein Stück Pergament schrieb. Sie blickte nicht darauf. Stattdessen waren ihre Augen geschlossen, und obwohl sie Arm und Hand fast hektisch bewegte, schien der Rest ihres Körpers vollkommen entspannt zu sein.

Wer war das? Warum sah ich es?

Aber es brachte mich auf eine Idee. Nein, mehr als das. Ein neues Verständnis. Es war, als ob ein Samenkorn des Wissens jahrelang in mir geschlummert hatte und sich erst jetzt aus der Erde erhob, um den ersten Spross Leben zum Vorschein zu bringen.

Als Heather die Worte ihres Mannes las, begann sich ihre Brust in tiefen, von Lust schweren Atemzügen zu heben. „Sag ihm, dass ich mir nichts sehnlicher wünsche, als –"

„Warte, ich habe eine Idee", sagte ich und unterbrach sie. „Ich bin mir nicht sicher, ob es funktionieren wird, aber wenn es funktioniert, könnt du und Lucent einen privaten Moment allein verbringen." Ich erklärte ihr, was ich gesehen hatte, und fragte sie, ob sie versuchen wollte, meine Hand zu führen, anstatt die Nachricht verbal weiterzugeben.

„Das kannst du?", fragte sie.

„Ich bin mir nicht sicher, aber es ist einen Versuch wert, oder?"

„Ich denke schon." Aber ihre Sorge war unverkennbar. „Es wird dir nicht wehtun?"

„Was?" Mist! Aus irgendeinem Grund hatte ich diese Möglichkeit nicht in Betracht gezogen. Die Frau in meinem Kopf schien so entspannt gewesen zu sein, ohne Schmerzen. Vielleicht spürte sie ihren Körper nicht einmal. „Ich bin mir sicher, dass alles gut wird", sagte ich und war mir dessen ganz und gar nicht sicher.

Ich brauchte ein paar Versuche, um die Augen zu schließen und die Kälte ihrer Präsenz zu ignorieren, als sie ihren Arm auf meinen ausrichtete, doch als ich meinen Kopf klärte, wandte ich die meditativen Techniken an, die ich vor Jahren gelernt hatte, um mit dem Stress umzugehen. Ich war ich mir vage bewusst, wie sich meine Hand mit dem Stift ohne mein Zutun über das Papier bewegte.

„Fertig", sagte sie, als sie fertig war.

Ich öffnete die Augen und schämte mich, wie schrecklich die Handschrift war – sie ähnelte überhaupt nicht meiner geübten Schreibschrift –, aber sie erfüllte ihren Zweck. Ich hatte es geschafft.

Ich verstand noch nicht, was „es" war, aber ich hatte es trotzdem geschafft, daher war das ziemlich cool. Außerdem hatte es nicht wehgetan, das war also ein zusätzlicher Bonus.

Lucent drehte das Papier um, damit er es lesen konnte, und begann dann, seine Antwort zu schreiben.

So machten sie noch ein paar Minuten weiter, bevor meine innere Unruhe meine Fähigkeit, mich ihr zu überlassen, störte. Das Spa würde gefährlich bald schließen, und wenn wir zu spät kamen, würde Deputy Manchester wütend auf mich sein, weil ich ihn grundlos geweckt hatte, und wir würden wahr-scheinlich unsere Chance verpassen, Frankie dingfest zu machen, bevor sie erkannte, was ich vorhatte, und verschwand.

Dann was? Würde Heather hier festsitzen? Eine Mörderin auf freiem Fuß bleiben?

Nein. Das konnte ich nicht erlauben.

„Wir müssen los", sagte ich, öffnete die Augen, las versehentlich ein paar Worte auf dem Papier auf und wünschte sofort, ich hätte sie nicht gesehen.

„Okay, noch eines", sagte Heather.

„Gut, noch eines." Ich schloss die Augen und versuchte, nicht daran zu denken, welche Ehefrauenpflichten sie jetzt bis ins schlüpfrigste Detail beschrieb.

Als ich diesmal meine Augen öffnete, liefen Lucent Tränen über seine Wangen. „Ich liebe dich, Heather."

Sie beugte sich vor und versuchte, seine Tränen wegzuwischen, jagte aber nur einen heftigen Schauer durch seinen Körper. Er schloss die Augen und gab sich dem hin.

„Wir müssen los", sagte ich, zum Teil, weil meine Gefühle bald die Oberhand gewinnen würden, aber auch, weil uns nicht viel Zeit blieb, um zum Spa zu gelangen.

Lucent nickte, aber Heather sagte: „Kann ich hierbleiben?"

Ihre Bitte überraschte mich. Aus irgendeinem Grund hatte ich gedacht, sie würde dabei sein wollen, wenn der Gerechtigkeit Genüge getan werden würde ... vorausgesetzt, ich könnte es schaffen. Aber ich dachte darüber nach und mir fiel kein Grund ein, warum sie nicht bleiben sollte. „Viel Zeit wirst du nicht haben. Vorausgesetzt, ich kann Deputy Manchester davon überzeugen, dass Frankie dafür verantwortlich ist ..."

„Werde ich verschwinden. Ich verstehe. Wenn das passiert, möchte ich hier zu Hause bei meinem Mann sein."

Das erschien mir sinnvoll, und die Tatsache, dass ich nicht darüber nachgedacht hatte, bevor sie es angesprochen hatte, machte nur deutlich, wie wenig ich von Liebe verstand. Aber natürlich war das wichtiger als Rache. Oder sogar Gerechtigkeit.

„Lucent", sagte ich, „Heather bleibt hier. Auch wenn Sie sie nicht sehen können, bin ich sicher, dass Sie es spüren können."

„Das kann ich", sagte er. „Danke."

Ich will nicht sagen, dass ich aus dem Haus rannte, aber ich lief definitiv schneller, vor allem, da ich anfing zu vermuten, dass einige der Gefühle, die ich empfand, nicht meine eigenen waren. Meine beste Vermutung? Sie waren die Überreste von Heathers Geist in mir – ihre Liebe, ihre Traurigkeit, ihre Angst, ihre Lust – und es fühlte sich wie eine grobe Verletzung ihrer Privatsphäre an.

Als ich den Bürgersteig entlang eilte, weg von Heathers altem Zuhause, um meinen Kopf freizubekommen und mich auf das vorzubereiten, was als Nächstes kam, wurde mir klar, was passiert war. Es gab einen Namen für das, was ich getan hatte, einen, den sogar ich kannte. Es war „Channeling".

Ich hatte gerade meinen ersten Geist gechannelt.

Kapitel Dreizehn

Ich nahm Ruhe und Mut zusammen und sog die frühe Nachtluft in meine Lungen ein, bevor ich unter dem magischen Wasserfall des Atlantis Day Spa hindurch in die dahinter liegende Entspannungshöhle trat. Es war zwei Minuten bis Ladenschluss. Ich hatte es gerade noch rechtzeitig geschafft.

Unglücklicherweise bedeutete das, dass keine Kunden in der Nähe waren, was auch bedeutete, dass ich wahrscheinlich allein in einer Höhle mit einer Mörderin war.

Im Wartebereich war es still, bis auf die Geräusche des plätschernden Wassers aus dem hinteren Teil der Höhle. Das Licht der schwebenden Kugeln, das vom Wasser auf die Decke reflektiert wurde und das ich zuvor als magisch (nicht wörtlich) und skurril empfunden hatte, erweckte nun den Eindruck von Gespenstern, die in einem quälenden Tanz zucken.

„Nora", sagte eine sanfte Stimme zu meiner Linken.

„Oh, hi, Frankie."

Sie lächelte höflich und schlug sich dann, einen Sekundenbruchteil später, auf die Stirn. „Oh, Mist! Die Gesichtscreme, oder? Für Veronica. Deshalb sind Sie hier?"

Ich nickte.

Sie verzog entschuldigend das Gesicht. „Es war ein verrückter Tag, und ich hatte keine Gelegenheit, sie zu mischen. Wenn Sie möchten, kann ich es aber schnell noch machen. Sie können gern mit nach hinten kommen und mir dabei zusehen. Ich weiß Gesellschaft immer zu schätzen."

„Ja, das hört sich großartig an", sagte ich.

Oh ja, ich wusste, dass das eine schlechte Idee war. Mein Überlebensinstinkt schlug mir praktisch zwischen die Augen und schrie: *Du Idiot! Das ist eine Falle! Bleib am Ausgang!*

Warum hörte ich nicht auf ihn? Weil meine Einsicht mir sagte, dass ich es nicht tun sollte. Wenn ich ihr nicht folgen würde, würde sie es wissen. Sofort. Nicht nur, weil alles zusammen zu machen für zwei Frauen so natürlich ist wie Gähnen, wenn man müde ist, sondern auch, weil der einzige Grund, ihr nicht zu folgen, wäre, dass ich wusste, was sie getan hatte.

Ich hatte noch nicht das, was ich von ihr brauchte, um zu garantieren, dass sie für den Rest ihres Lebens ins Ironhelm Penitentiary ging und Heather auf die nächste Ebene weiterreisen konnte.

Also folgte ich ihr.

Als Frankie durch die Wasserfalltür verschwand, eilte ich ihr hinterher, blieb aber in Alarmbereitschaft. Wenn sie vermutete, welche Rolle ich bei all dem spielte, wäre das der beste Zeitpunkt zuzuschlagen, wenn ich es nicht erwartete. Ich wollte ihr auf der anderen Seite keine Zeit geben, einen Angriff auf mich vorzubereiten, sobald ich durchkam.

Aber natürlich machte ich mir einfach grundlos Sorgen, und als ich auf der anderen Seite die Augen öffnete, ging sie einen runden Flur entlang, der aus dem Marmor gehauen zu sein schien. „Das sind unsere privaten Räume", erklärte sie und deutete auf die Türen, an denen wir links und rechts vorbeikamen. Die Türen waren schwer und rund und erinnerten mich an einen Banktresor. Oder zumindest, wie Filme mir vorgegaukelt hatten, dass ein Banktresor aussehen sollte. „Wenn Sie zu Ihrer Massage kommen, sind wir in einem davon. Oh, und habe ich schon erwähnt", sagte sie, hielt kurz inne und drehte sich zu mir um, „Sie sollten einen Badeanzug mitbringen. Kostenlose Nutzung der heißen Quellen ist bei jedem Termin eingeschlossen."

„Heiße Quellen?"

„Ja. Der Bereich hinter dem Empfang wird von einer natürlichen heißen Quelle gespeist, die direkt unter uns fließt." Sie zeigte auf den Boden. „Ungemein entspannend. Nicht genug unserer Kunden nutzen ihn."

„Das hört sich wirklich gut an." Ich meinte es so. Natürlich würde ich das Angebot nicht nutzen, bis ich sicher war, dass Frankie weggesperrt war. Zweifellos würde Aeldoran einen gewissen Groll gegen mich hegen, weil ich dafür gesorgt haben würde, dass seine Kollegin wegen Mordes eingesperrt worden war, aber er kam mir wie jemand vor, dem das weniger wichtig wäre als das Geld, das ich für die Dienstleistungen des Spas zu zahlen bereit war. Außerdem ist es immer noch ein dummer Name, also ...

Am Ende des Flurs bogen wir rechts ab und betraten einen gut beleuchteten Raum, der so ganz anders war als der Rest des Spas. Dieser Raum sah eher wie ein Lagerhaus aus, fast wie der Trockenlagerbereich im hinteren Teil des Medium Rare. Mit den Fässern mit Bulkware an den Wänden und den Regalen mit den vielen Glasflaschen erinnerte es mich auch an die Apotheke.

„Der Trick bei einer guten Gesichtscreme ist weniger, wie gut sie wirkt", vertraute sie mir mit einem schelmischen, aber angenehmen Lächeln an, „sondern wie sie sich anfühlt und wie sie duftet. Es geht um das Erlebnis, nicht um das Ergebnis."

Sie nahm einen leeren Cremetiegel, ging durch den Raum und hebelte den Deckel einer großen Holztrommel auf. Sie legte ihn beiseite und tauchte den Tiegel dann in die Tonne. Als sie ihn wieder herausnahm, lief eine dünnflüssige weiße Creme über die Seiten. Sie wischte die Reste mit einem Lappen ab und ließ nur die Creme im Tiegel zurück. „Die Basis ist einfach. Überwiegend Bienenwachs." Sie brachte den Tiegel zu einer Arbeitsfläche in der Nähe der Regale an der Wand. „Der Rest ist nur das Drumherum. Veronica mag Kiefernduft und Rosmarin – eine recht typische Vorliebe für Werwölfe." Sie nahm zwei kleine Flaschen vom Regal und brachte sie zu mir, wo ich immer noch in der Nähe der Tür stand. „Hier, riechen Sie."

Ich zögerte. Das könnte ein Trick sein. Wenn sie wusste, was ich vorhatte, könnte etwas in diesen Flaschen sein, das mich ausknocken würde.

Aber wenn sie mir *nicht* auf die Schliche gekommen war, würde die Weigerung, etwas so Simples wie Kiefer und Rosmarin zu schnuppern, sicherlich ihren Verdacht erregen.

Ich konnte es nicht glauben, aber ich wünschte, Grim wäre bei mir. Sein ausgeprägter Geruchssinn wäre jetzt von unschätzbarem Wert.

Ich musste mich auf meine Intuition verlassen, die mir sagte, dass sie noch nichts ahnte. Genauer gesagt, meine Intuition ohrfeigte mich weder noch wies sie mich darauf hin, dass sie definitiv etwas vermutete, also interpretierte ich das Fehlen jeglicher Aufregung als das, was ich wollte.

Als ich an den Flaschen schnupperte, zuerst an der Kiefernessenz, dann am Rosmarin, erkannte ich, dass meine große innere Diskussion unnötig gewesen war.

Es waren Kiefer und Rosmarin.

Wie beim Betreten des Flurs durch den zweiten Wasserfall waren meine Befürchtungen vollkommen unbegründet. „Das riecht wunderbar", sagte ich.

„Hier, kommen Sie mit. Es ist okay, dass Sie hier hinten sind. Aeldoran ist schon nach Hause gegangen, daher bekommt niemand mit, dass ich eine Kundin hinter den Vorhang habe blicken lassen."

Ich folgte ihr zu ihrem Arbeitsbereich, wo sie die Öle in den Tiegel tropfte. „Jetzt muss ich nur noch ein paar andere Zutaten hineinmischen." Sie nahm einen kleinen Leinenbeutel, öffnete ihn und ließ eine Handvoll winziger dunkler Körner zwischen ihren Fingern hindurchgleiten. „Sand von den schwarzen Stränden von Domari. Eines der wenigen Süßwassermeere in Avalon. Sand von anderen Stränden kann das Salz absorbieren und die Haut austrocknen. Aber nicht Domari-Sand." Sie lächelte. „Es ist die besondere Zutat. Hilft beim Peeling."

Sie streute es über die Mischung und knetete es dann mit den Fingerspitzen zusammen. „Eine letzte Sache noch", sagte sie, und mir wurde klar, dass ihr Blick an meinem Gesicht klebte. Aus diesem süßen, verstohlenen Lächeln war etwas Unheimlicheres geworden. Ein höhnisches Lächeln.

Eine letzte Sache?

Oh, sicherlich würde sie mir nicht zeigen, dass sie der Mischung Silber hinzugefügt hatte. Das wäre einfach zu viel. Und es könnte das Letzte sein, was ich je sah, da es sie des Mordes belasten würde. Wenn das Nächste, was sie aus dem Regal nahm, auch nur ansatzweise wie Metall aussah, würde ich die Flucht ergreifen und nicht zurückblicken.

Sie nahm eine Schachtel vom Regal, öffnete sie langsam und neigte sie in meine Richtung.

Es sah nicht wie Silberpulver aus. Es war grün. „Glitzerbeerenpulver." Sie streute es über die Creme. „Es verleiht dem

Ganzen eine erfrischende Note, damit es sich anfühlt, als würde es wirken. Die Leute möchten das Gefühl haben, dass ihre Maßnahmen wirken und sie den Kampf gegen den Tod gewinnen. Aber am Ende sterben wir alle, Nora."

Wow, das war schnell finster geworden. Wenn sie so weitermachte, könnte ich die Sache mit dem Mord vielleicht einfach vergessen und versuchen, mich mit ihr anzufreunden.

Nein, nicht wirklich. Wahrscheinlich.

Wie auch immer, in meinem Bauch machten sich schleichende Selbstzweifel breit. Das Glitzerbeerenpulver und der Sand waren für das Prickeln verantwortlich, das die Creme verursachte. War das alles? Oder benutzte sie es, um das Brennen des Silbers zu erklären? Bestimmt war es nicht dieselbe Mischung, die sie zuvor zubereitet hatte. Denn wenn dem so wäre, hieße das, dass sie nicht diejenige war, die die Matriarchin langsam vergiftete. Das würde bedeuten, dass meine Theorie falsch war.

Aber natürlich würde sie direkt vor meinen Augen keinen Behälter mit der Aufschrift „Silber" aus dem Regal nehmen und es in die Mischung streuen. Wahrscheinlicher war, dass sie während der Arbeitszeit nicht so beschäftigt gewesen war und einfach mit der Zubereitung gewartet hatte, bis ich kam, um mich davon zu überzeugen, dass sie nichts Schädliches hineingemischt hatte, was bedeutete, dass sie auf keinen Fall etwas hineinmischen würde. Dass es unkompliziert und nicht gefährlich war.

Das war allerdings die Sache mit dem Zweifel. Selbst wenn die Vernunft gewann, lauerten immer noch Zweifel unter der Oberfläche und nagten.

Sie schraubte den Deckel zu und hielt mir den Tiegel entgegen. „Bitteschön. Veronica hat mir das Geld schon per Eule geschickt, also ist alles erledigt."

„Oh. Perfekt." Ich nahm sie ihr ab, und sie ging an mir vorbei zur Tür.

„Ich sollte abschließen."

„Oh richtig. Natürlich." Wir gingen wieder den Flur entlang in den vorderen Bereich.

Doch dann blieb sie stehen. „Möchten Sie sehen, wo wir Ihre Massage machen werden?" Ihr süßes Lächeln war zurück, und ich war mir fast sicher, dass ich meine eigene Angst vorhin auf sie projiziert hatte. Sie ahnte nichts. Warum sollte sie auch? Ich war vorsichtig gewesen.

„Sicher, warum nicht?"

Sie stieß eine schwere Holztür auf. Dahinter waren weitere schwebende Lichtkugeln und ein Behandlungstisch, nicht unähnlich denen, die ich in den Spas in Texas gesehen hatte. Es gab auch eine große Wanne auf vier verschnörkelten Beinen, in die ein stetiger Strahl aus einem breiten Steinausfluss in der Wand floss. „Oh, das ist hübsch", sagte ich, und Frankie kicherte.

„Nicht wahr? Und das Wasser wird direkt aus der heißen Quelle gespeist. Sie können es durch den Boden sehen." Sie zeigte nach unten auf eine Reihe von Kanälen, lange Schlitze im Stein, die jeweils nicht breiter als einen Zentimeter waren. „Nur zu." Sie nickte in Richtung Wanne. „Testen Sie das Wasser. Es ist schön warm."

Ich war nicht gerade begeistert davon, ihr den Rücken zuzukehren, aber ich spielte mit, ging auf die Wanne mit den Klauenfüßen zu und tauchte meine Hand hinein. Oh Mann, das war luxuriös.

Da war noch mehr. Ja, warmes Wasser war entspannend, aber etwas an diesem warmen Wasser entspannte nicht nur die Muskeln in meiner Hand, sondern ließ dieses Gefühl durch meinen gesamten Körper strömen.

Gott segne die Magie. Sobald ich dieses Frankie-Problem gelöst hätte, würde ich auf jeden Fall hierher zurückkehren.

Und weißt du, wer diese Art von Verwöhnung auch gebrauchen könnte?, dachte ich.

Tanner.

Die Vorstellung von einem Spa-Tag mit Tanner ließ meine Gedanken neblig werden. Ja, wir waren Geschäftspartner, und ja, es war eine schreckliche Idee, sich privat aufeinander einzulassen. Aber vielleicht nur einmal, nach einem langen Tag im Spa, wenn wir unvorsichtig wurden und unser Urteilsvermögen verschwand ... Einmal war kein Muster. Einmal könnte es sich ein einziges Mal um einen Einzelfall handeln. Wir könnten es einen Fehler nennen, wenn es das wäre, was wir tun mussten, um es zu rechtfertigen ...

Die Tür zum Raum wurde zugeschlagen, und ein tiefes, grausames Lachen riss mich aus meinen unangemessenen Gedanken, und ich wirbelte herum, wobei ich aufgrund des seltsamen Tons des Gekichers beinahe erwartete, dass jemand anderes als Frankie zwischen mir und der Tür stehen würde.

Aber es war sie. Nur sah sie jetzt anders aus. Ihre gebräunte Haut hatte jetzt einen blauen Schimmer, und ihre tiefrosa Lippen wurden von Sekunde zu Sekunde violetter.

Obwohl ich keine Ahnung hatte, was das bedeutete, wusste ich, dass es ein schlechtes Zeichen war.

Sie lachte erneut, und dieses Mal klang ihre Stimme, als würde sie unter Wasser zu mir sprechen.

„Das ist so befriedigend, wie ich es mir vorgestellt habe", sagte sie.

„Ich – ich weiß nicht, wovon Sie reden."

„Zu sehen, wie Sie denken, dass Sie hier lebend rauskommen werden, und zu sehen, wie Ihre Anspannung nachlässt ... kurz bevor ich Sie töten werde."

Aus den Abflüssen im Boden begann Wasser zu sprudeln,

als würde es aus den heißen Quellen darunter heraufgepumpt. Als ich wieder zu Frankie blickte, waren ihre Arme an den Seiten ihres geschmeidigen Körpers ausgestreckt, und die Haut, die unter ihrer weißen Uniform sichtbar war, hatte nicht mehr denselben Farbton wie zuvor. Sie war jetzt blau wie der klarste Gletschersee.

Das Wasser sprudelte schneller empor.

„Ich glaube, hier liegt ein Missverständnis vor", sagte ich und griff nach Strohhalmen. „Ich bin nur vorbeigekommen, um Veronicas Bestellung abzuholen. Ich –"

Ein tiefes und wässriges Gackern sprudelte aus ihrem Mund. „Oh bitte! Glaubst du, ich bin zu dumm, eins und eins zusammenzuzählen? Warum sollte Heather und vor allem Veronica mit jemandem wie dir sprechen? Dir steht ins Gesicht geschrieben, dass du von niedriger Geburt bist. Oder schlimmer noch: neureich, Abschaum, der seinen Platz nicht kennt. Wie dieser erbärmliche Verlierer Lucent, der seine Frau ausgesaugt hat wie ein Baby, das an der verdorbenen Brust seiner Mutter saugt." Sie knurrte voller Abscheu und hob die Arme höher, und während sie das tat, erhoben sich die Wasserpfützen wie Mauern vom Boden und wurden auf beiden Seiten von mir immer größer. Bald würde die einzige klare Richtung geradeaus sein, direkt auf Frankie zu.

Aber es war nur Wasser. Was könnte es mir schon anhaben?

Es könnte mich ertränken. Ich war nie ein guter Schwimmer gewesen. Oder überhaupt ein Schwimmer. Wasser, das über meinen Kopf schwappte, hatte bei mir schon immer eine Panikreaktion ausgelöst, und das Wasser, das mich gerade umgab, war keine Ausnahme.

Das Hauptproblem war, dass Frankie mir den Fluchtweg versperrte.

„In dem Moment, als Veronica angerufen hat, um mehr von der Creme zu bestellen, wusste ich, dass etwas nicht stimmte. Wenn sie in dieser kurzen Zeit alles aufgebraucht hätte, was ich ihr gegeben hatte, wäre sie nicht mehr am Leben, um mehr zu bestellen. Und als sie gesagt hat, sie würde dich schicken, ergab alles einen Sinn. Vielleicht hatte ich nicht alle Puzzleteile, aber ich hatte genug, um zu erkennen, dass was nicht stimmt.”

„Es tut mir leid. Ich verstehe immer noch nicht. Wie wäre es, wenn du mich einfach gehen lässt, und wir vergessen, dass das jemals passiert ist?”

Das Wasser am Boden kroch bis zu meinen Knöcheln.

Frankie würde mich hier ertränken, wenn ich nicht schnell etwas unternahm.

Das Wasser stieg schnell fast bis zu den Knien.

„Wie hast du es herausgefunden?”, fragte sie und neigte den Kopf. „Ich bin neugierig. Die Cops haben es als Selbstmord eingestuft, und warum nicht? Wäre nicht die erste reiche Werwolf-Bitch, die sich nach einer Reihe dummer Lebensentscheidungen umbringt.”

Das Wasser kroch an meinen Schenkeln empor, und die Wärme drohte, mich benommen zu machen. Die Wirkung, die es auf meinen Körper hatte, als ich nur meine Hand in die Wanne gehalten hatte, wurde jetzt stärker, da so viel von mir im Wasser war.

Ich hörte auf zu schauspielern. Es funktionierte sowieso nicht, und dass sie hier versuchte, mich zu ermorden, war überhaupt nicht cool. „Ich werde dir diese Genugtuung nicht geben”, sagte ich. „Du ermordest mich, und es bleibt für immer ein Rätsel. Darüber wirst du dich bis zu deinem Tod wundern müssen.”

Sie lachte. „Da ist sie ja. Die Ehrlichkeit. Egal. Sobald ich mit dir fertig bin, kümmere ich mich um Veronica. Dann gehört das Lovelace-Erbe mir."

„Und Heath", sagte ich.

Sie wischte das mit einer Bewegung weg, und Spritzer von den Wasserwänden spritzten in mein Gesicht. „Er wird kein Problem sein. Er ist so oft weg, dass ich einfach warten kann, bis er geschäftlich unterwegs ist, dann ziehe ich das Geld ab und verschwinde in der Menge in Avalon, bevor er weiß, was passiert ist. Von da aus kann ich in eine andere Welt springen und von vorn anfangen, allerdings mit mehr Geld, als ich in einem einzigen Leben ausgeben kann ... was in meinem Fall ziemlich lang ist. Ich habe noch mindestens tausend Jahre vor mir." Sie grinste, als sich das Wasser meiner Hüfte näherte, und lenkte meine Aufmerksamkeit darauf, aber auch auf einen Gegenstand, der in der kleinen Tasche verstaut war, die über meiner Schulter hing und an meiner Hüfte ruhte.

Tanner fiel mir wieder ein, aber in einem viel praktischeren Kontext.

Ich griff langsam nach meiner Tasche und ließ meine Hand hineingleiten, in der Hoffnung, nicht zu viel Aufmerksamkeit auf meine Bewegungen zu lenken, bis meine Finger den Salz-streuer fanden. Ich schraubte vorsichtig die Kappe ab.

Als ich anfing, durch das Wasser auf sie zuzuwaten, sah sie eher amüsiert als besorgt aus. Sie glaubte nicht, dass ich es mit ihr aufnehmen könnte, und wenn es ein Nahkampf wäre, hätte sie wahrscheinlich recht. Ich vermutete, dass ihre Kräfte über die Manipulation von Wasser hinausgingen und übermensch-lich sein könnten.

„Du willst was versuchen, nicht wahr? Wie süß", sagte sie herablassend. Das Wasser stieg schneller und war jetzt schon über meinem Nabel.

Ich musste sicher sein, dass ich sie nicht verfehlte.

Ich hielt meine Hand ruhig, entschied mich für mein Ziel, zog meine Hand aus der Tasche und schüttelte ihr das Salz aus dem Streuer direkt ins Gesicht.

Houston, wir haben Kontakt.

Die Wirkung entfaltete sich sofort. Sie stolperte zurück und hielt sich das Gesicht, und der Wasserstand begann zu sinken und floss durch die Abflüsse zurück. Ihr Schrei war ohrenbetäubend, und ich eilte um sie herum, riss die Tür auf und rannte zum Ausgang.

Das restliche Wasser strömte hinter mir aus dem Raum und hätte mir fast die Beine weggerissen. Ich stolperte, hielt mich aber aufrecht und eilte der Sicherheit entgegen. Selbst wenn Stu Manchester nicht auf meine Eule reagiert hatte, waren die Straßen vor dem Atlantic Spa um diese Zeit wahrscheinlich belebt, vor allem, weil die Lyre Lounge ganz in der Nähe war. Sicherlich würde sie mich nicht vor einer Gruppe von Zuschauern ermorden.

Meine nasse Hose und quietschende Schuhe bremsten mich, und gerade, als ich den Wasserfall sah, der zum Wartebereich führte, hörte ich hinter mir ihre Schritte, nass und schwer.

Ich hatte sie nicht getötet, sondern nur verletzt.

Jetzt, da ich nicht mehr im warmen Wasser war, pochte mein Herz bis zum Hals, und ich hatte das Gefühl, dass es kurz davor war, zu explodieren. Ich sprang durch den Wasserfall und in den öffentlichen Bereich des Spas. Das weiche Moos des Bodens bot genug Halt, um zu verhindern, dass ich bei der Landung ausrutschte und fiel, und ich fragte mich absurderweise, ob das die Absicht dahinter war, eine Sicherheitsvorkehrung für diejenigen, die versuchten, einem Mord im hinteren Teil des Gebäudes zu entkommen.

„Du kannst nicht vor mir weglaufen!", rief Frankie. Ihre

Stimme war zu ihrem gewohnten Timbre zurückgekehrt, und oh heilige Wandler, sie war verdammt nah!

Obwohl sie sich genau genommen irrte. Ich konnte vor ihr davonlaufen. Es war genau das, was ich in diesem Moment tat und was ich so lange wie nötig tun würde.

Ich riskierte einen Blick hinter mich. Sie war gerade durch den Wasserfall in die Lobby gekommen.

Dumm. Ich hätte nicht stehenbleiben sollen. Ich hatte wertvolle Zeit verschwendet.

Ich rannte mit voller Geschwindigkeit auf den Wasserfall zu, der aus dem Spa hinausführte, tauchte mit dem Kopf voran und stürzte auf der anderen Seite heraus, wobei ich mich im letzten Moment zusammenfalten musste, um mich abzurollen. Meine Tasche, überfüllt mit Geld, zwei Tiegeln Gesichtscreme und einem leeren Salzstreuer, flog von mir, aber das war mir egal. Ich sprang auf, und da entdeckte ich ihn unter der nächsten Straßenlaterne, wie er fassungslos und mit großen Augen durch die Dämmerung auf mich herabstarrte.

Deputy Manchester.

„Sie kommt", war alles, was ich herausbringen konnte, bevor die mörderische Nix auf unserer Seite des Wasserfalls auftauchte, zu sehr in ihrer Wut verloren, um den Gesetzeshüter zu bemerken.

Er bemerkte sie jedoch, und seine Ausbildung machte sich sofort bemerkbar. Er machte einen Satz nach vorn, rammte sie von rechts und riss sie zu Boden. Er legte ihr Handschellen an, bevor ich begriff, was gerade passiert war, und drückte sie mit einem Knie auf das Kopfsteinpflaster.

„Hilfe!", kreischte sie. „Er tut mir weh!"

Ich sah mich um. Ja. Die Leute blieben stehen und starrten. Sie hielten das wahrscheinlich für Polizeibrutalität. Die meisten Gesichter kannte ich flüchtig, andere jedoch nicht, was logisch war. Es gab einen Klassenunterschied zwischen denen, die in dieser Gegend einkauften, und denen, die ins Medium Rare kamen.

„Sie hat versucht, mich zu töten", erklärte ich. Unter normalen Umständen hätten sie es mir vielleicht nicht so einfach abgenommen, aber so, wie ich aussah – meine Kleidung war durchnässt, Haarsträhnen hingen mir tropfend ins Gesicht – war ich wohl glaubwürdig genug. Danach gingen die Zuschauer eilig weiter. Vielleicht war die Situation zu kompliziert und wenig schmeichelhaft, als dass sie hierbleiben wollten, oder vielleicht zweifelten sie an Stus Fähigkeit, eine Beinahemörderin viel länger festzuhalten.

Es gab viele Aspekte des Jobs von Deputy Manchester, von denen ich bezweifelte, dass er sie gut beherrschte, aber der grobe Umgang mit einer Mörderin gehörte nicht dazu. Er hatte zwei festgenommen, von denen ich wusste. Tanner hatte mir gesagt, dass Stu Manchester ein Werelch war. Er hatte auf jeden Fall die nötige Masse, um mich das glauben zu lassen, auch wenn ich Stu noch nie in Elchgestalt gesehen hatte.

„Vielleicht sollten Sie aufhören, sich der Verhaftung zu widersetzen", sagte er zu Frankie. „Sonst werden die Läsionen in Ihrem Gesicht nur noch schlimmer." Er blickte zu mir auf. „Geht's Ihnen gut, Miss Ashcroft?"

Ich nickte und erinnerte mich dann an den anderen Grund, warum ich neben der Rettung meiner Haut die Anwesenheit des Deputys gebraucht hatte. Ich suchte nach meiner Tasche und fand sie ein paar Meter entfernt. „Hier", sagte ich, als der hölzerne Polizeikarren die Straße entlang auf uns zukam, den der Deputy irgendwie herbeigerufen haben musste. Ich hielt ihm die beiden Tiegel entgegen, der eine aus Heathers Haus und den Frischen. „Veronica Lovelace hat noch eine weitere Probe. Sie sollte genau mit dieser hier übereinstimmen" – ich hielt das Exemplar hoch, das Frankie gerade gemischt hatte – „nur, dass Silber drin sein wird, wie in diesem Tiegel." Ich schüttelte den, den ich von Heathers Haus mitgebracht hatte.

Seine Brauen berührten einander fast, als er aufstand und Frankie mit sich zog. Er starrte auf die beiden Tiegel und antwortete: „Ich kann nicht behaupten, dass ich das ganz verstehe."

„Schon gut. Im Augenblick müssen Sie das auch nicht."

„Sie hat es verdient, dieses dumme Weib!", schrie Frankie und hatte praktisch Schaum vor dem Mund, als sie gegen ihre Handschellen kämpfte. „Abschaum wie Lucent zu heiraten. Gegen die Ordnung der Dinge zu verstoßen." Sie spuckte angewidert auf die Straße, und Deputy Manchester zog seinen Stiefel gerade noch rechtzeitig zur Seite, um dem Projektil auszuweichen.

„Redet sie von Heather Lovelace?", fragte er mich.

Anstatt ihm mit Ja zu antworten (bei Weitem nicht befriedigend genug), sagte ich: „Ich habe über das nachgedacht, was Sie gesagt haben, Deputy."

„Das haben Sie?" Er hatte offensichtlich keine Ahnung, wovon ich sprach.

„Ja. Und selbst wenn es in neunundneunzig Prozent der Fälle nur ein Schatten ist, bedeutet das immer noch, dass es hin und wieder tatsächlich ein Hidebehind ist."

Seine Neugier ließ nach. „Oh. Das." Er räusperte sich. „Nun, wie wäre es damit, Miss Ashcroft? Ich werde mich um die Schatten kümmern und Ihnen die Hidebehinds überlassen, da Sie ein Händchen dafür haben, sie zu finden."

„Hört sich gut an." Dann fügte ich hinzu: „Danke."

Er schlug die Wagentür hinter Frankie zu und drehte sich zu mir um. „Wofür?"

„Dass Sie gekommen sind. Ich war mir nicht sicher, ob Sie es tun würden."

„Natürlich, Miss Ashcroft. Mein Job ist es, für die Leute in

Eastwind da zu sein. Sie gehören jetzt dazu, also bin ich hier.” Ein Lächeln zupfte an seinen Mundwinkeln, und er nickte knapp, bevor er auf den Vordersitz des Wagens kletterte und mit Frankie die Straße hinunter verschwand.

Und irgendwo in ihrem Haus in Hightower Gardens schritt Heather Lovelace endgültig durch den Schleier.

Kapitel Vierzehn

„Du scheinst nicht glücklich zu sein", sagte Ruby von ihrem Platz mir gegenüber am Wohnzimmertisch aus. Sie hob ihre Tasse Tee an den Mund und beobachtete mich aufmerksam. „Solltest du nicht glücklich sein? Du hast gerade einen weiteren Mord aufgeklärt. Das sind zwei von zweien, wenn ich das richtig sehe."

Seit ich das Atlantis Day Spa vor zwei Tagen verlassen hatte, hing ein Nebel über mir.

Nein, schon vorher. Seit ich das Haus der Lovelaces verlassen und Heather bei Lucent zurückgelassen hatte. Ich konnte ihn nicht loswerden. Ihre Gefühle klebten an meiner Haut. Die Nachricht hatte sich wie immer schnell in Eastwind herumgesprochen, und meine Stammgäste wechselten während unseres Smalltalk schnell von Glückwünschen zu der Frage, ob es mir gutging. Es musste meinem Gesicht genauso anzusehen sein, wie ich spürte, dass es über mir schwebte und seine Ranken durch mich webte.

Bevor Sie Depressionen sagen: Das war es nicht. Ich hatte Depressionen gehabt. Wenn Depression ein starkes Starkbier war, war das hier ein komplexerer Cocktail mit Aromen, die zarter und doch kräftiger waren, als selbst Donovan Stringfellow zuzubereiten vermochte. Wenn ich es jedoch mit einem Wort beschreiben müsste, wäre es Unruhe.

„Sollte ich mich glücklich fühlen?", fragte ich und sah zu Ruby True auf.

Sie hatte dieses wissende Lächeln im Gesicht, an das ich mich als Vorbote einer weiteren Lektion gewöhnt hatte. Ihre grauen Augen durchbohrten mich. „Ich würde mir Sorgen machen, wenn du es wärst. Denn hast du Heather zurückgebracht?"

„Ähm, das trägt nicht gerade dazu bei, dass ich mich besser fühle."

„Das ist okay. Du musst dich nicht immer gut fühlen. Kinder in deinem Alter wollen sich immer gut fühlen."

Ich zog eine Braue hoch. „Kinder in meinem Alter? Du meinst zweiunddreißig? Ich bin kaum ein Kind."

„Lass es seinen Weg durch dich hindurch arbeiten", sagte sie. „Verlust ist unvermeidlich. Nichts im Leben währt ewig, und unser Wunsch danach ist zwecklos."

„Bist du darauf aus, mich zu deprimieren? Es fühlt sich irgendwie so an, als ob du es wärst."

„Das liegt daran, dass du nicht zuhörst." Sie beugte sich vor und tippte mir fest zwischen die Augen. Ich blinzelte. Damit hatte ich definitiv nicht gerechnet. „Vertrau mir, Liebes, ich war da, wo du jetzt bist. Aber das Fazit ist: Wenn du dein Leben damit verbringst, Tod und Verlust zu vermeiden, indem du Pläne, Ersatzpläne und verzweifelte letzte Pläne schmiedest, wirst du dein Leben damit verbringen, das Leben und die guten Dinge zu ignorieren, solange sie da sind."

Ihr Rat hörte sich irgendwie vertraut an. Dann fiel mir ein, dass Jane neulich in Franco's Pizza ungefähr dasselbe gesagt hatte. „Man lebt nur einmal", flüsterte ich und begann zu lachen.

Ruby kniff die Augen zusammen und lehnte sich in ihrem Stuhl zurück.

„*Jetzt bist du wirklich durchgeknallt*", sagte Grim von seinem Platz am Kamin aus. „*Ehrlich gesagt bin ich überrascht, dass es so lange gedauert hat. Nicht gerade die psychisch stabilste Hexe, die ich je getroffen habe.*"

Das Lachen fühlte sich so gut an, ich wollte nicht, dass es aufhörte, also ließ ich es einfach zu. Denn im Ernst, was sowohl Jane als auch Ruby gesagt hatten, stimmte, und es war im Wesentlichen ein durchdachtes Argument für YOLO – You Only Live Once / Man lebt nur einmal. Was für mich natürlich nicht stimmte. Ich durfte mindestens zweimal leben. Man lebt nur zweimal.

Aber den Kern des Arguments verstand ich trotzdem.

„Tut mir leid", sagte ich, und als sich das Lachen in meiner Brust festsetzte, wurde mir klar, dass ein Teil der emotionalen Plaque von meinem Körper gesprengt worden war. Wann hatte ich das letzte Mal so gelacht?

„Fühlst du dich jetzt besser?", fragte Ruby.

„Ja, danke."

„Siehst du?", sagte sie. „Die einzige Art, mit der Möglichkeit des Todes zu leben, besteht darin, die Möglichkeiten des Lebens zu akzeptieren."

„Ich verstehe es nicht ganz, aber ich glaube, ich fange an, es zu begreifen."

„Das reicht für den Moment." Sie trank ihren Tee aus und ging in die Küche, um den Wasserkocher zum Nachfüllen zu holen. „Jetzt gibt es noch etwas anderes, worüber wir reden müssen."

Ihr Ton.

„Oh-oh ... jemand ist in Schwierigkeiten ...", bemerkte Grim.

Ich fühlte mich wie ein Teenager, dessen Mutter gerade herausgefunden hatte, dass er sich aus dem Haus geschlichen hatte, um Drogen zu nehmen. „Ja?", fragte ich vorsichtig.

„Du hast gesagt, dass Heather durch dich gesprochen hat, indem sie deine Hand zum Schreiben bewegt hat. Nun, das zusammen mit der Tatsache, dass du in Trübsal versunken bist, seit du die Sache unter Dach und Fach gebracht hast, lässt mich vermuten, dass du die Frau gechannelt hast."

Das war auch meine Annahme gewesen. War das schlimm? War ich in Schwierigkeiten, wie Grim dachte? Ihr Ton ließ es so klingen, als wäre ich es, und als sie ihre Tasse zurück zum Wohnzimmertisch trug, konnte ich ihr nicht in die Augen sehen. „Ich dachte, dass genau das passiert ist. Aber das ist was, das ich machen kann, oder?"

Sie nickte langsam. „Ja, es ist etwas, das du in etwa einem Jahr nach reichlich Training schaffen solltest, aber nichts, was du vor zwei Tagen ohne irgendwelches Training von mir hättest tun sollen."

Ja, ich war definitiv in Schwierigkeiten. „Entschuldigung?"

„Du hast Glück, dass Heather nur schmutzig mit ihrem Mann *reden* wollte. Sonst hätte sie deinen Körper übernehmen und nicht loslassen können. Dir fehlt die Ausbildung, sie zu zwingen, dich loszulassen."

„Oh." Moment, deutete Ruby an, was ich dachte? Hätte Heather mich dazu zwingen können ... *Dinge* zu tun? Mit Lucent? *Igitt.* Diese Vorstellung reichte aus, um mich dazu zu bringen, nie wieder channeln zu wollen.

„Aber", fügte sie hinzu, „es ist ausgesprochen interessant, dass du es so gut geschafft hast. Du hast einfach – was? – improvisiert und herausgefunden, wie es geht?"

Ihre Strenge wich der Neugier, und Gott sei Dank dafür.

Ruby True hatte das Gesicht, das selbst den mörderischsten Verbrecher zu Tränen der Reue treiben konnte. „Ja, ich habe einfach herumgetastet, bis es einen Sinn ergeben hat. Dann habe ich die Augen geschlossen, einen Teil meines Meditationstrainings genutzt, um meinen Kopf freizubekommen, und meine Hand hat sich bewegt."

„Hm." Sie nippte noch einmal an ihrem Tee und wandte sich dann Clifford zu. „Was denkst du, Cliff?"

Ich konnte seine Antwort natürlich nicht hören, da er nicht mein Vertrauter war, aber er hob den Kopf, und ich nahm an, dass er antwortete.

„Das habe ich mir auch gedacht", sagte sie, „aber wir sollten keine voreiligen Schlüsse ziehen."

Mein Blick wanderte zwischen ihr und Clifford hin und her. „Möchtest du mich aufklären?"

„*Grim?*", fragte ich. „*Du kannst ihn hören, oder? Was hat er gesagt?*"

„*Nichts Interessantes. Wahrscheinlich nur ein Haufen Einhornäpfel.*"

„Es gibt keinen Grund zur Sorge, Liebes. Aber ich denke, wir müssen deine Ausbildung ernsthaft in Angriff nehmen. Nicht, dass du noch so eine Nummer abziehst. Du hast noch nicht einmal ein Hundertstel deiner Fähigkeiten nutzbar gemacht, und ich schaudere bei dem Gedanken, was passieren könnte, wenn du intuitiv eine andere mit dem falschen Geist ausprobierst. Nicht alle sind die, für die sie sich ausgeben."

Es machte mir Spaß, neue Fähigkeiten zu erlernen, daher waren das großartige Neuigkeiten. „Wann fangen wir an?"

„Wann immer du den Tee ausgetrunken hast."

„Oh." Ich trank den Rest aus, ignorierte den bitteren Geschmack und fragte mich, was Ruby vorhatte.

Kayleigh, meine Elfen-Doppelgängerin in der Apotheke, begrüßte Ruby und mich mit einem strahlenden Lächeln und einem Winken, als wir den Laden betraten. Ich winkte zurück, aber Ruby ignorierte sie und murmelte: „Zu verdammt munter. Sie sollte inzwischen wissen, dass ich Smalltalk nicht leiden kann", als sie sich schnurstracks auf den Weg zur Nekromantie-Abteilung machte. Grim und Clifford waren auf unser Drängen mitgekommen – unsere Vertrauten hatten in letzter Zeit zugenommen, und weder Ruby noch ich wollten diejenige sein, die es aussprachen, also hatten wir beschlossen, dafür zu sorgen, dass sie sich mehr bewegten. Nachdem sich die Hunde vor der Haustür direkt neben dem plätschernden Wasserspiel geparkt hatten, folgte ich Ruby ins Pixie Mixie.

Wir blieben vor dem Regal stehen, während Ruby die Reihen betrachtete. „Wenigstens sorgt sie dafür, dass alles gut bestückt ist. Aber andererseits war ich ihr einziger echter Kunde, bis du angekommen bist. Natürlich gibt es eine Menge jugendlicher Hexen, die denken, es könnte Spaß machen, mit Nekromantie herumzuspielen, aber wenn sie keine Nekromanten sind, was sie nicht sind, schaffen sie es nicht. Normalerweise verlieren sie am Ende einen Finger oder eine ganze Hand."

„Das hört sich aber nicht gut an", sagte ich und unterdrückte einen Großteil meines Entsetzens.

Sie winkte ab. „Ist nicht schlimm. Sie können sie schnell nachwachsen lassen."

Ich öffnete den Mund, um etwas zu sagen, erkannte aber, dass alles, was ich sagte, dumm klingen würde. Also beließ ich es einfach dabei. Hexen konnten Gliedmaßen nachwachsen lassen. Ich dachte mir, ich sollte erleichtert sein, da sich das zu meinen Gunsten auswirken würde, falls ich jemals einen Finger beim Vorbereiten des Essens oder einen Fuß verlieren sollte, weil ich vergessen hatte, Grim zu füttern, und er die Geduld verlor und dachte, er müsste mir eine Lektion erteilen.

„Es gibt ein paar grundlegende Mittel, die du immer dabeihaben musst", sagte sie zu Beginn ihrer Lektion. „Eibe, Salbei und Süßholzwurzel sind nur der Anfang ..." Ich versuchte, mich zu konzentrieren und mitzumachen, aber es gab so viele Informationen, und ehrlich gesagt, je mehr sie über das Wirken von Schutzzaubern und die Beschwörung bestimmter Wesen sprach, desto mehr löste sich mein Verstand von dem, was geschah. Ich war seit vier Monaten in Eastwind, man sollte also meinen, ich hätte mich an Magie und Verrücktheit gewöhnt. Und in gewisser Weise hatte ich das auch. Aber abgesehen davon, dass Geister mich besuchten und Grim telepathisch mit mir kommunizieren konnte, war ich all das, was damit zu tun hatte, wie *ich* hier hereinpasste, noch nicht gewohnt. Ich hatte immer noch irgendwie das Gefühl, dass alle anderen seltsam waren, und dass ich einfach Nora aus Texas war, ein einfacher Mensch, der mit Geistern und einem riesigen Hund kommunizieren konnte.

Der Moment in Heathers Zuhause, als ich sie ermutigt hatte, durch mich zu agieren, war das erste Mal gewesen, dass ich ein aktiver und williger Teilnehmer an diesem Wahnsinn geworden war, und das hatte ich noch nicht verarbeitet.

Aber hier war Ruby und sagte mir, dass es an der Zeit sei, noch aktiver zu werden.

„Also abgesehen vom Channeln", unterbrach ich sie, während sie offenbar eine Einkaufsliste durchging. (Sie konnte nicht glauben, dass das interessant war, oder?) „Was kann ich sonst noch? Abgesehen davon, Tote wiederzubeleben. Kayleigh hat mir das erzählt."

Ihre kleinen, faltigen Augen öffneten sich weit, dann brachte sie mich zum Schweigen. „Psst. Sag das nicht so laut.

Die Hälfte der Leute in dieser Stadt misstraut den Hexen des Fünften Windes sowieso schon aus genau diesem Grund!"

Ich konnte mir das Lachen nicht verkneifen. „Weil sie glauben, wir könnten anfangen, Leute von den Toten zurückzuholen? Und was, eine Armee von Zombies gegen die Stadt aufstellen?"

Ihre Hand schoss blitzschnell nach vorn, und sie zwickte schmerzhaft meinen Arm. Als ich aufschrie und meinen Arm wegriss, zischte sie: „Ich habe Psst gesagt!" Sie sah sich um, um sicherzugehen, dass niemand mitgehört hatte. „Das ist genau das, was wir ihrer Meinung nach tun werden. Vor allem jetzt, wo wir zu zweit sind."

„Warte, können wir das?"

„Das kann ich dir nicht sagen", sagte sie steif. „Ich habe nie daran gedacht, es auszuprobieren." Sie beugte sich noch näher und flüsterte: „Obwohl man genau genommen mit genug Übung jemanden von den Toten zurückholen könnte, aber ich rate dringend davon ab. Unangenehme Angelegenheit."

Ich musste es mir nicht lange vorstellen, bis ich sie verstand. „Wenn ich das ausschließe, was kann ich sonst machen?"

„Zum einen kannst du sicher channeln. Bei Heather hattest du Glück, aber du hättest in große Schwierigkeiten geraten können. Außerdem kannst du den Tod abwehren."

Okay. *Das* schien wichtig. Warum hörte ich zum ersten Mal davon? Ich hatte Mühe, nicht schnippisch zu sein, als ich antwortete: „Was du nicht sagst."

„Ja. Manchmal können gewisse Ereignisse eintreten, durch die der Tod kommt, um jemanden zu holen. Du kannst das verhindern. Und du kannst Geister von jenseits des Schleiers beschwören, aber das empfehle ich auch nicht. Sie können verdammt nervig sein, wenn man sie aus dem Jenseits zurückholt, nur um ihnen ein paar Fragen zu stellen. Außerdem stört es die natürliche Ordnung, bis sie zurückkehren, und eine Störung der natürlichen Ordnung solltest du tunlichst vermeiden."

Ich seufzte. „Kann ich irgendwas tun, das du empfehlen *würdest?"*

Sie zuckte mit den Schultern. „Sicher. Lerne so viele Zaubersprüche wie möglich, um Geister abzuwehren und so zu tun, als wärst du keine Hexe."

„Und funktioniert das?"

„Für mich nicht, und ich mache das schon seit fast fünfzig Jahren." Sie nahm ein Glasgefäß mit etwas, das aussah wie winzige Augäpfel, und schob es mir zu, sodass ich es auffangen musste, damit es nicht zu Boden fiel und zersprang und der Inhalt über den Boden rollte. Doch bevor ich es weiter untersuchen konnte, wurden meine Arme mit zusätzlichen Dingen beladen, die wir offensichtlich brauchten.

Und Ruby trug nichts.

Packesel zu spielen, war Teil der Zauberlehrlingssache.

Als wir in den vorderen Teil des Ladens zurückkehrten, erregte ein warmes, vertrautes Lachen meine Aufmerksamkeit.

Tanner.

Ich verstand nicht, warum es mich beunruhigte, zu wissen, dass er da war; ich sah ihn fast jeden Tag.

Er stützte sich mit den Ellbogen auf die Theke, einen Fuß über den anderen gekreuzt, während er mit Kayleigh plauderte. Ich blieb am Ende des Gangs stehen und versteckte mich, damit ich seinem überaus freundlichen Gespräch mit der Elfe lauschen konnte, die genauso aussah wie ich, nur niedlicher.

Ugh. Wenn Sie jemals die Erfahrung gemacht haben, dass der Typ, in den Sie verknallt sind, vielleicht auf eine hübschere und sympathischere Version von Ihnen steht, wissen Sie, was ich in diesem Moment empfand. Wenn Ihnen das noch nie passiert ist, herzlichen Glückwunsch. Nein, ich bin nicht verbittert. *Sie* sind verbittert.

Wie auch immer.

Ich würde mich nur begrenzte Zeit verstecken können, bis Kayleigh mich über Tanners Schulter hinweg entdeckte und mir zuwinkte. „Du kannst ruhig herkommen! Wir unterhalten uns nur."

Ja, das sah ich. Nur unterhalten, flirten, ihn vielleicht mit Feenstaub bestäuben, und ich konnte es nur nicht sehen.

„Hey, Nora!", sagte Tanner, als er mich sah. „Ich bin an Grim und Clifford vorbeigekommen und habe mich schon gefragt, wann ihr beide auftauchen würdet." Dann fiel sein Blick auf die Gegenstände, die ich trug, und er sprang auf mich zu. „Hier", sagte er und nahm mir einige der schwereren Gegenstände ab, „ich kann dir damit helfen."

„Danke", murmelte ich und versuchte, mich nicht an seinem köstlichen erdigen Duft zu erfreuen, als er näherkam.

Duftete er *immer* nach Kirschkuchen? Ich würde mich definitiv nicht beschweren. Ich hatte viele Männer mit weniger angenehmen natürlichen Aromen gerochen. Tatsächlich hatte jeder Mann, den ich vor Eastwind getroffen hatte, einen weniger angenehmen Duft als Tanner, sogar die Brüder, die ein volles Duftsprayprogramm absolvierten, bevor sie das Haus verließen.

Oder vielleicht besonders diese Brüder und ihre überwältigenden synthetischen Moschusnoten.

Jemand sollte ihnen sagen, dass sie, wenn sie sich solche Sorgen wegen ihres Geruchs machen, in die Küche gehen und einen Kirschkuchen backen oder sich vielleicht frischen Rosmarin unter die Arme reiben sollten.

Das ist nicht wirklich ein Scherz.

„Ich gehe holen, was ich brauche, während du dich um die

beiden kümmerst", sagte Tanner zu Kayleigh. Dann eilte er davon und verschwand zwischen den Regalen.

„Sieht aus, als hättet ihr beide große Pläne", sagte sie und richtete die Bemerkung an Ruby.

Aber Ruby antwortete nicht.

Richtig. Kein Smalltalk.

„Ja, ich muss noch viel lernen", erklärte ich. „Hätte das wahrscheinlich alles schon vor langer Zeit lernen sollen, aber nun ja, das Leben kommt da dazwischen und so."

Sie nickte und kicherte und schrieb alles in ein großes Buch. „Ich weiß. Das Leben ist verrückt. Und nach dem, was Tanner mir erzählt hat, habt ihr zwei fast ununterbrochen daran gearbeitet, dass das Medium Rare reibungslos läuft."

„Na ja, er hat das. Ich habe ein bisschen geholfen, aber der Verdienst gebührt vor allem ihm."

„Das stimmt nicht", sagte Tanner und kehrte mit einem halben Dutzend Gegenständen im Arm zurück. „Sie hat wahnsinnig viel geholfen. Und obendrein hat sie dabei den Mord an Heather Lovelace aufgeklärt." Er stellte seine Sachen ein Stück von meinen entfernt auf die Ablage und sah mir in die Augen. „Dir gebührt viel mehr Anerkennung, als du zugeben willst, Nora. Ich habe noch nie jemanden getroffen, der so hart arbeitet wie du. Es ist eines der vielen Dinge, die ich an dir bewundere."

„*Bitte ramm mir einen Chupacabra-Knochen in den Rachen, damit ich mich übergeben kann*", brummte Grim von seinem Platz ein paar Meter entfernt.

Ich vermied es, jemanden um mich herum anzusehen. Komplimente anzunehmen war für mich nicht leicht. Ich beschloss, davon abzulenken. „Übrigens habe ich dir nie dafür gedankt, dass du dich um Veronica Lovelace gekümmert hast."

„Ach, das war nichts", sagte er und tätschelte mir spielerisch den Oberarm.

„Nein, ich meine es ernst." Ich wandte mich Kayleigh zu. „Wahrscheinlich hat er der Frau das Leben gerettet, indem er zu ihr gegangen ist."

Moment, warum lobte ich Tanner Kayleigh gegenüber so? Was war mit mir los?

Vielleicht wollte ich einfach nur, dass Tanner glücklich war, egal mit wem.

Nein, wahrscheinlich nicht.

Kayleigh nickte langsam, und ihr Blick nahm ihn in sich auf. „Davon hast du mir nichts erzählt, Tan."

Tan? TAN? Absolut nicht. Erstens war das ein dämlicher Spitzname. Zweitens stand es ihr nicht zu, ihm einen Spitznamen zu geben.

Offensichtlich befand ich mich im Krieg mit meinem eigenen gesunden Menschenverstand. Einerseits kam es überhaupt nicht in Frage, Tanner zu daten, da wir Geschäftspartner waren. Und in diesem Fall sollte es ihm erlaubt sein, auszugehen, mit wem er wollte, genauso wie sich idiotische Spitznamen geben zu lassen.

Aber andererseits: *Nein, danke!* Ich musste nicht daneben sitzen und mir das ansehen.

„Im Ernst", sagte er, „es war nichts. Veronica ist eine nette Lady. Sehr großzügig und herzlich und einladend."

Ich dachte an Bartholomew, auch bekannt als Barty, auch bekannt als ihr Diener. Dann dachte ich an meine Anweisung an Tanner nach, sicherzustellen, dass Veronica duschte. Sicherlich hat Tanner nicht ...

Nein. Er war freundlich, aber er hatte Standards.

„Reden wir von derselben Frau?", fragte ich. „Du denkst, Veronica Lovelace ist großzügig, herzlich und *einladend*?"

Er blinzelte schnell, runzelte die Stirn und starrte mich an, als hätte ich den Verstand verloren. „Ja?"

Ich beugte mich zu ihm, legte sanft eine Hand auf seinen

Bizeps und flüsterte: „Sie hat dich unter die Dusche eingeladen, nicht wahr?"

„Das macht dann achtunddreißig Silber- und sieben Kupfermünzen", sagte Kayleigh, bevor er antworten konnte.

Ruby griff in ihre Tasche, holte eine Handvoll Münzen heraus und zählte sie eine nach der anderen ab. Sie nahm sich Zeit dabei. Ich wusste, dass sie schneller konnte. Sie zögerte. Sie verschaffte mir mehr Zeit mit Tanner.

Aber warum?

Ich starrte auf seinen Einkauf, und er bemerkte, dass ich die Waren betrachtete. „Oh, das ist nur für Monster. Sie hat Haarbälle in Form von Runen ausgehustet. Ich habe den Morgen damit verbrachte, mir Sorgen zu machen, dass sie mir eine Nachricht aus einer anderen Ebene schickt. Aber nein. Nur Kauderwelsch – ich habe nachgesehen. Ich glaube, sie ist entweder in meinem Zaubertränkeschrank oder im Müll draußen auf irgendwas gestoßen." Er nickte auf seine Gegenstände. „Das sollte ihr helfen. Dann hört sie vielleicht auf, mich zu terrorisieren." Seine Mundwinkel verzogen sich. „Nein, wahrscheinlich nicht."

Kayleigh lachte, was Tanner ein Lächeln ins Gesicht zauberte. Als sie damit fertig war, Rubys Einkäufe in eine Stofftasche zu packen, hielt sie mir die Griffe entgegen, und ich nahm sie und hievte sie von der Theke.

Dann zog Tanner einen Zauberstab aus seiner Tasche, schwenkte ihn über seinen Vorräten für Monster, und alle schwebten zu Kayleigh hinüber.

Heiliger Strohsack.

Ich hätte nicht geschockt sein sollen, aber ich war es. Ich hatte Tanner noch nie zuvor einen Zauberstab benutzen sehen. Warum? Weil er im Medium Rare nie einen benutzte.

Und abgesehen von dem einen Besuch bei Ruby, bei dem er keine Gelegenheit gehabt hatte, einen Zauberstab zu benutzen, hatte ich Tanner immer nur bei der Arbeit gesehen.

Der Grund lag auf der Hand, und ich hatte in letzter Zeit mein Bestes getan, ihn in den Hinterkopf zu verdrängen.

Tanner war mein Arbeitsschwarm. Und vielleicht war ich seiner, aber das war nicht dasselbe, als wäre man ganz normal verliebt.

Jeder hatte einen Arbeitsschwarm, und je mehr Zeit man bei der Arbeit verbrachte, desto intensiver war die Verknalltheit.

Mein Magen fühlte sich an, als wäre er voller Wackersteine, und das alles nur, weil ich Tanners Zauberstab gesehen hatte.

Ich könnte hier einen schmutzigen Witz machen, aber die Wahrheit verunsicherte mich zu sehr. Mir war nicht nach Witzen zumute.

Grim konnte jedoch nicht anders. *„Keine Sorge, es kommt nicht auf die Größe des Zauberstabs an."*

„Halt die Klappe."

„Du hast wahrscheinlich noch nicht viele Zauberstäbe gesehen, aber ich schon, und ich kann dir sagen, dass seiner nicht ganz mithalten kann."

„Ich sagte, halt die Klappe."

„Wenigstens versucht er nicht, irgendwas mit der Länge seines Zauberstabs zu kompensieren. Das tun viele Männer."

Ich wollte meinen Vertrauten treten – nicht hart, gerade genug, damit er es spürte –, aber ich entschied, dass das bei den anderen Leuten, die nicht hörten, dass Grim mir auf die Nerven ging, nicht gut ankommen würde.

Der Silberstreif am Horizont war die Klarheit darüber, wo ich mit Tanner stand. Ich war nicht begeistert davon, aber zumindest sah ich es so, wie es war.

Kayleigh war sein normaler Schwarm, und ich sein Arbeitsschwarm.

Und ohne zu merken, was er tat, schlug Tanner den letzten Nagel in den Sarg, als Ruby, Grim, Clifford und ich zur Tür gingen. „Hey, hast du Lust dich morgen nach unserer Schicht zusammenzusetzen, um den Geschäftskram zu besprechen?"

„Ja", sagte ich und schluckte die Galle herunter, die in meiner Kehle aufstieg. „Freu mich drauf."

Epilog

„Ich denke, das ist ein guter Anfang", sagte ich und blickte auf die Arbeitsteilung und den Vertragsentwurf, die Tanner und ich in der vergangenen Stunde zusammengestellt hatten.

Er überflog alles noch einmal, während er im Geschäftsleiterbüro des Medium Rare seinen Kaffee trank. Es war eine Woche seit Heathers Tod und drei Tage her, seit Frankie im Gefängnis gelandet war, und laut einer Eule von Sheriff Bloom hatten sie alle Beweise, die sie brauchten, um die Nix für lange Zeit ins Ironhelm Penitentiary zu schicken.

Die Emotionen fühlten sich immer noch an wie eine nasse Decke auf meinen Schultern, und ich vermutete, dass man mir das anmerkte. Darum hatte Tanner Jane und Greta angerufen, damit sie heute früher kamen, auch wenn er gesagt hatte, das liege daran, dass er und ich uns zusammensetzen mussten. Wir hätten das auch nach unserer regulären Schicht machen können. Aber hey, ich war erschöpft, und in unregelmäßigen Abständen schwirrte mir der Kopf von den Bildern von mir, in diesem Spa gefangen, während das Wasser an meinen Beinen emporkroch. Ich würde nicht protestieren; ich würde die kürzere Schicht nehmen.

„Ich schätze, dann können wir es so an Quinn Shaw weiterschicken?", fragte er.

„Klar. Gibt es Neuigkeiten darüber, wann die Pergamentkatakomben Bruce' Testament freigeben werden, um zu bestätigen, dass du der einzige Begünstigte bist?"

Er schüttelte den Kopf. „Wahrscheinlich noch vierundzwanzig Jahre. Aber das wird in der Zwischenzeit reichen." Er legte seinen Stift auf den Tisch, lehnte sich zurück und streckte die Arme aus, während die beiden Vorderbeine seines Stuhls den Boden verließen. Dann rieb er sich mit den Händen über das Gesicht und sagte: „Nun, da das erledigt ist, ist es meiner Meinung nach an der Zeit, dass du mir mehr über deine Berufserfahrung erzählst. Wenn ich mir diese Liste ansehe, würde ich sagen, dass du eine heiße Nummer bist."

„Ich will nicht darüber reden", sagte ich und wich seinem Blick aus.

Er beugte sich vor und legte eine Hand auf mein Knie. „Nora, komm schon. Ich bin sicher, du hast alles über mein Leben gehört. Die Klatschbasen von Eastwind lieben eine rührselige Geschichte. Es ist nur fair, wenn du ein bisschen von dir erzählst."

Eigentlich hatte ich nicht viel über Tanners frühes Leben gehört. Jedenfalls keine Details. Ich wusste, dass er ein Waisenkind war, genau wie ich, aber das war auch schon alles. Ich hielt mich, so gut ich konnte, vom Klatsch fern.

Dann machte es Klick. Tanner könnte es *verstehen*.

Das war eine neue Idee. Aber es stimmte. Vieles in unserem Leben hatte sich parallel zueinander entwickelt, bis mein Leben (dank meines Todes) vom Weg abgekommen war und mich direkt auf Tanner geworfen hatte. Er war der Erste hier, mit dem ich gesprochen hatte. Jetzt überschnitten sich unsere

Leben. Wir waren Geschäftspartner. Zumindest würden wir das sein, sobald die Unterlagen fertig wären.

„Es war ein schönes Restaurant", sagte ich. „Ich habe ganz unten angefangen. Es lag mitten in der Innenstadt. Die Miete war astronomisch, aber im Vergleich zu dem, was ich eingenommen habe, auch unbedeutend."

„Du warst reich?"

Ich blickte von meinen Händen auf und sah ihm in die Augen. „Oh ja. Es hat eine Weile gedauert, aber ich habe es geschafft. Allein."

„Was ist mit deiner Familie? Sind sie noch – waren sie noch –, als du gegangen bist?"

„Tot", sagte ich. „Ich war ein Einzelkind. Meine Mutter hat versucht, mehr Kinder zu bekommen, aber nach der dritten Fehlgeburt hat sie aufgegeben. Ich schätze, sie konnte die Enttäuschung nicht mehr ertragen." Ich seufzte. „Wahrscheinlich sowieso besser so. Sie sind gestorben, als ich elf war."

Manchmal, wenn Menschen die gleichen Schwierigkeiten hatten wie man selbst, sagen sie vielleicht, dass es ihnen leidtut, aber was sie meinen, ist: *Ja, ich auch. Soll ich Mitleid mit dir haben? Wir alle haben unsere Probleme.* An deine Probleme zu denken, erinnert sie nur an ihre eigenen, und sie wollen nicht darüber reden. Oder sie haben kein Mitleid übrig.

Aber als Tanner sagte: „Es tut mir so leid, Nora", spürte ich, dass er es ernst meinte.

„Eigentlich stimmt das nicht. Zumindest nicht ganz. Sie sind nicht einfach gestorben. Sie wurden ermordet. Ich war im Haus, als der Einbruch passiert ist, aber ich habe mich versteckt."

Er schwieg, und das war die beste Antwort, die ich mir hätte wünschen können. Er hörte einfach zu. Ich hatte niemandem davon erzählt, nicht, seit ich mit der Polizei darüber gesprochen hatte. Dann beugte er sich vor und ergriff meine Hände. „Das klingt schrecklich."

„Das war es auch. Aber es ist lange her. Ich habe trotzdem was aus mir gemacht."

Er nickte, ein trauriges, aber verständnisvolles Lächeln lag auf seinen glatten Lippen. „Kann ich dich was Persönliches fragen?"

Persönlicher als all der Müll, den ich gerade über mich erzählt hatte? Sicher, warum nicht?

Ich nickte.

„Warst du ... mit jemandem zusammen?"

„Wann?"

„Ich meine nur, ähm, sowas wie einen Ehemann."

Ich lachte. Natürlich konnte er nicht wissen, dass es eine so lächerliche Frage war. Aber es hellte meine Stimmung trotzdem auf. „Ich war so weit davon entfernt, einen Ehemann zu haben, dass es lächerlich ist. Ich habe bisher nur reiche Idioten gedatet."

Er nickte nachdenklich, den Kopf leicht geneigt, während seine haselnussbraunen Augen mich durchbohrten. Er rutschte zur Kante seines Stuhls, unsere Knie berührten einander.

Dann sagte er: „Würdest du jemals in Erwägung ziehen, mit einem netten Typen auszugehen? Einem, der wirklich Gefühle für dich hat? Einem, der sich um dich kümmern will?"

Mein Herz setzte einen Schlag aus, als ich spürte, wie seine Hand meine fester drückte. „Das hört sich schön an", sagte ich.

Er hielt meine Hände in seiner, hob die andere an mein Gesicht und strich mir eine Haarsträhne hinters Ohr. Dann legte er seine warme, raue Handfläche an meine Wange und streichelte mein Gesicht.

Nein, nein, nein ... es durfte nicht so weitergehen. Wir hatten gerade einen Vertrag ausgearbeitet, verdammt nochmal! Wir konnten jetzt absolut nichts auch nur ansatzweise

Romantisches anfangen. Es wäre dumm. Es würde unsere beiden Arbeitsplätze gefährden. Es würde –

Er beugte sich schnell vor, und ich kam ihm bereits auf halbem Weg entgegen.

Ja, ja, ja!

Unsere Lippen fanden einander, und als die alte Nora schrie: *Hör auf damit! Schluss! Das ist dumm! Er wird dir nur das Herz brechen und dein Leben in Stücke reißen!*, sagte die neue Nora, die ich an dem Tag kennengelernt hatte, als ich aus den Deadwoods ins Medium Rare gestolpert war: *Endlich.*

Bücher von Nova Nelson

Wenn der Tod dreimal klopft

Eastwind-Hexen 3

Als Nora Ashcroft versehentlich eine böse Macht in das Haus von
Ruby True einlädt, muss sie das Wesen besiegen, bevor es in Eastwind
zu viel Chaos anrichten kann.

Dafür wird sie Hilfe brauchen, aber der beste Mann für den Job ist der
Letzte, mit dem Nora Zeit verbringen möchte. Und das Gefühl beruht
auf Gegenseitigkeit.

KLICKEN SIE HIER, UM „WENN DER TOD DREIMAL KLOPFT" ZU
LESEN.

Danke!

Ich bin so dankbar, dass Sie Nora eine Chance gegeben haben! Wenn Ihnen das Buch gefallen hat, nehmen Sie sich doch bitte einen Moment Zeit und hinterlassen Sie eine Rezension auf Amazon, damit andere ihr vielleicht auch eine Chance geben.

Sogar ein einfaches: „Ich werde diese Serie auf jeden Fall weiter lesen!" hilft sehr.

Tippen Sie HIER, um eine kurze Rezension zu hinterlassen.

Vielen Dank, und ich hoffe, dass Ihnen das nächste Buch gefällt!

-Nova

Über die Autorin

Nova Nelson ist mit einem literarischen Speiseplan aus Agatha-Christie-Romanen aufgewachsen. Sie liebt die intellektuellen Reize dieser Romane und schreibt paranormale Geschichten, seit sie das Schreiben gelernt hat. Diese beiden Lieben treffen in ihrer Eastwind-Hexen-Reihe aufeinander, und es ist an der Zeit, dass sie das selbst zugibt.

Wenn sie nicht gerade mit dem Schreiben beschäftigt ist, genießt sie lange Spaziergänge mit ihren eigensinnigen Hunden und isst Frühstück zum Abendessen.

Sagen Sie Hallo:
nova@novanelson.com

www.ingramcontent.com/pod-product-compliance
Lightning Source LLC
Chambersburg PA
CBHW030142010826
48973CB00002B/689